LA BIEN AIMÉE

Roman Inédit

Librairie
des
Romans
...

PAUL ROUÉ

LA
BIEN AIMÉE

LIBRAIRIE DES ROMANS CHOISIS

94, Avenue de la République, 94

PARIS

On voit d'ici, nos deux augures ratiociner sur la note, encore totalement inconnue d'eux, d'un polytechnicien qui, lui-même, n'y songeait pas plus qu'aux autres « devoirs » qu'il avait eu l'occasion de faire.

Il sembla bon au journaliste de publier dans « l'Avenir Africain » son entrevue avec le député Gallois et comme quoi leur conversation n'avait eu d'autre sujet qu'une étude extraordinaire qui devait doter l'Algérie du plus beau chemin de fer qui fut au monde.

On se gardait d'insister davantage, pour cette raison que de la note de Charles Héloin on n'avait parcouru que les titres des chapitres.

Mais, voilà. L'article fit sensation.

A Alger on n'est pas simplement méridional, on l'est deux fois. Toute la ville, puis les trois départements, réclamèrent des détails, voire que le projet fut mis de suite à exécution.

Même un banquier, dans un banquet de Comice agricole, déclara qu'il se faisait fort de trouver les fonds nécessaires à la construction de la ligne.

Gallois, le député, et Planquet, le journaliste, furent débordés de lettres qui se faisaient l'écho puissant des préoccupations algériennes.

On les somma, le terme n'est pas trop fort, de doter l'Algérie du chemin de fer dont, les premiers, ils avaient parlé.

Quel chemin de fer ?

Quand on leur en écrivit, il ne s'en souvenaient déjà plus.

— Qu'avez-vous fait de la note que je vous ai confiée, demanda Gallois à Planquet.

— Quelle note ?

— Hé, celle de ce monsieur... comment... Bédouin... Siloin... Je ne sais plus. Ah ! si, Héloin. On n'a pas idée d'un nom pareil.

— Peuh ! j'ai dû la jeter dans ma corbeille à papiers.

— Nous voilà frais. Il faut la retrouver... Aussi bien, mon cher, vous ne paraissez pas avoir saisi suffisamment la portée de ma trouvaille. L'idée de ce monsieur... de ce monsieur... comment donc ?

— ...Héloin.

— C'est ce que je disais ; donc, l'idée de ce monsieur Hélouin est géniale. Tout de suite elle m'avait frappé et intéressé. Elle contient, en germe, l'avenir et la fortune de l'Algérie. Que dis-je : de l'Afrique. Non : de la France. Mais, Planquet, ignorez-vous donc que l'Algérie, puis l'Afrique tout entière, seront, un jour peut-être prochain, le grenier de la France.

— Pas un mot de plus, mon cher député, je tiens le filon. Si ma corbeille à papiers n'a pas été vidée, je retrouverai cette diable de note et je vous promets un second article qui mettra le feu à Alger.

Il découvrit la fameuse note entre les mains de sa cuisinière qui, précisément, allait l'utiliser pour mettre le feu, non pas à Alger, mais au potager.

C'était dans la destinée de cette note.

Dans un geste large et indigné, Planquet la sauva des mains incendiaires de son cordon bleu et, sans désemparer, écrivit, pour l' « Avenir Africain », un article qui promettait le chemin de fer pour... pour demain.

D'autres articles non moins enthousiastes suivirent.

La presse parisienne et la presse de province en parlèrent.

Du coup la personnalité de Charles entrait dans l'histoire.

Il allait de soi que le promoteur de chemin de fer Alger au Cap était désigné pour participer à sa réalisation.

Comme il manquait de l'expérience et du prestige indispensables, on le doublait d'un ingénieur réputé qui mettait le projet au point.

Mais, dores et déjà, Charles Héloin se voyait faire des propositions qui, pour un débutant, étaient inespérées.

Quand il revint à Crissol pour y prendre ses vacances annuelles, on lui fit une vraie fête.

Il devait être avec Paul Célial le héros du déjeuner qui ramenait en toute hâte le juge à son domicile.

La voie suivie par Paul Célial avait été plus modeste.

Reçu bachelier à 18 ans, il avait cru devoir s'engager pour en terminer de son service militaire avant de commencer des études médicales qui exigent une durée d'environ 5 ans.

Loin de se rouiller à la caserne, il y avait occupé ses loisirs à continuer ses humanités et il venait de passer le baccalauréat ès-sciences qui ouvre définitivement les portes de l'école de médecine.

Par ailleurs, il avait obtenu les galons de sergent-major.

Il rentrait à Crissol en même temps que Charles.

Ces détails biographiques remplissaient l'esprit du juge et expliquaient la gaîté qu'ils reflétaient sur sa physionomie.

A lui aussi, du reste, la vie avait été clémente.

Un seul malheur l'avait traversée : la mort de sa première femme.

Et ce pénible souvenir conduisit le juge à juger Nanette : pas aimable, légèrement acariâtre, rarement contente. Heureusement, Célial était philosophe et ces déconvenues n'avaient guère de prise sur lui.

Celial était né à Crissol même.

Son père était pâtissier.

De lui, après de très bonnes études à l'école communale, on avait fait un clerc d'huissier qui était demeuré, près de douze ans, dans la meilleure étude de Caen où il avait laissé la réputation d'un garçon capable pour qui la chicane est sans mystère.

L'huissier de Crissol, malade, l'avait appelé près de lui et lui avait confié son étude qu'il ne pouvait plus tenir.

Avant de mourir il lui faisait épouser sa fille.

Quinze ans plus tard, veuf, remarié, ayant largement pourvu à l'instruction de ceux qu'il appelait également ses enfants : Paul et Charles, riche de quelques économies, obtenait à Crissol la place de juge de paix et vendait son étude.

Auchamp était toujours professeur à Caen.

Dénué de toute ambition, plutôt indolent, il bornait son désir à une vie universitaire tranquille qu'une retraite continuerait.

Il avait épousé la fille d'un de ses vieux confrères, et il en avait eu une fille, Mathilde, actuellement âgée de vingt ans qui était, certes, une des plus jolies personnes qu'on pût voir.

Auchamp, sa femme et sa fille passaient toutes leurs vacances à Crissol où ils ne fréquentaient que le juge et sa famille.

Sa famille. Oui, Nanette, Paul, Charles et encore un frère du juge, Pierre Célial, que tout le monde appelait le père Pierre.

Pierre Célial était, de sa profession, pâtissier, comme son père et aussi son grand-père dont il habitait la maison, une vieille maison du quinzième siècle, la plus vieille de Crissol, située sur la place, en face de l'église.

Il comptait quatre ans de plus que Hervé. Il avait tenu Paul sur les fonts baptismaux.

Ce Paul était sa plus grande affection et quand il disait :

— Filleul...

C'était d'une voix paternelle.

L'attachement des deux frères l'un pour l'autre était très grand et très sincère.

Le père Pierre ne s'était pas marié. Pourquoi ? on ne sait. Certaines gens, qui se prétendent très perspicaces, laissaient entendre que Pierre avait éprouvé pour sa première belle-sœur une affection plutôt passionnée encore que très discrète.

A sa mort, il avait éprouvé un véritable chagrin. Et, peut-être, ainsi, s'expliquait l'affection qu'il professait pour son filleul.

D'autre part, le père Pierre couvait une autre passion.

Mais, celle-là était d'ordre professionnel.

Du tour de France qu'il avait religieusement effectué il avait rapporté la formule d'un petit gâteau sec trouvé dans la Basse-Bretagne, qu'il gardait jalousement et qu'il s'évertuait à perfectionner.

Faut-il le dire ? Son gâteau, à Crissol, n'avait obtenu qu'un succès d'estime. On consentait à en croquer, mais plutôt pour ne pas contrarier le père Pierre. Et le brave homme s'affectait de cet insuccès.

Pour ne pas en avoir le démenti, il en consommait lui-même du matin au soir.

En conséquence, n'est-ce pas, sa fabrication marchait toujours.

Puis, pas de déchets.

De son pas guilleret, le juge arrivait devant la boutique de son frère.

Il l'ouvrit et appela :

— Hé, Pierre, es-tu là ? Viens-tu ?

De l'arrière-boutique une voix répondit :

— Attends-moi, je t'accompagne.

Deux minutes plus tard, le père Pierre s'amenait, vêtu de son costume des dimanches.

— Hâtons-nous, jeta Hervé, nous serions en retard.

— Que dis-tu ? il n'est même pas 11 heures.

Le déjeuner, à Crissol, se prend à midi.

Le juge ne releva pas l'objection.

— As-tu vu Paul, demanda-t-il ?

— Certes, il est venu ; mais, il n'a pas traîné par ici, la belle Mathilde l'attirait.

— Ça finira par un mariage.

Pierre, à son tour, laissa passer.

— Tu n'en dis rien.

— Cela ne me regarde pas.

— Comment. Les affaires de ton filleul, les miennes, ne te regardent pas ! Qu'est-ce que tu as ?

— Oh ! ce que j'en dirais...

— Serais-tu opposé au mariage de ces deux enfants ?

— D'abord qui te fait croire qu'il aura lieu ?

— Il faudrait être aveugle pour ne pas voir ce qui se passe. Non, là ; sincèrement, dis-le moi, as-tu un reproche à formuler.

La réponse fut sèche comme un coup de trique.

— Aucun.

— Aucun, répéta le juge. Tu désapprouves, quoi ? Laisse-moi te le dire, tu n'aimes pas Mathilde.

— C'est possible. Pourquoi l'aimerais-je ?

— Voyons, mon bon Pierre, tu es l'aîné, tu es d'un bon conseil, tu nous aimes, le cas est grave, dis-moi toute ta pensée.

— Eh bien, là : vrai ; cette petite Mathilde ne me plaît pas. Elle n'a pas de cœur, cette gamine-là. Je ne lui en ai jamais vu depuis vingt ans qu'elle vient ici. Ce qu'elle veut, c'est un mari qui satisfasse à ses caprices. Ah ! là, là. En voilà une qui se mariera pour elle seule, pour avoir toute sa liberté, pour jouir de l'existence, pour s'acheter des toilettes. Vois-tu, Hervé, elle est trop jolie. Ça se paye, ces choses-là. Elle sera pire que sa mère dont Auchamp n'a guère eu à se louer. Et puis, juste le contraire de mon filleul qui, lui, est tout cœur, tout âme, franc comme l'or, désintéressé...

— Allons, allons, ne t'emballe pas au sujet de ton filleul. Sur ce chapitre là, moi, son père, je pense comme toi. Mais, c'est surtout de Mathilde qu'il s'agit. Je crois que tu es injuste à son égard. Tu ne formules contre elle que des préventions. Tu en reviendras. Au point de vue conduite as-tu quelque critique à faire ?

— Oh ! non.

— Alors, mais, dis donc, voici la demi.

Cette fois, nous nous ferons attendre. Partons.

Ils allaient franchir le seuil de la boutique.

Hervé Cé''al, dans un bon mouvement, eut une inspiration.

— Dis, donc, Pierre ? fit-il ; tu devrais bien emporter, pour notre dessert, une boîte de tes fameux gâteaux, même plusieurs, car, tu sais, nous en raffolons.

La figure, embrumée du père Pierre, s'illumina d'une intime satisfaction.

Il ne pensa pas un moment que la demande si gentiment faite pouvait manquer de sincérité. Non. L'idée ne lui en vint pas. Même, quand il prit, sur un coin du comptoir, deux boîtes déjà préparées et qu'il comptait bien emporter même si on ne l'en priait pas.

Son contentement profita jusqu'à Mlle Auchamp.

— Après tout, fit-il, ce que je dis de Mathilde Auchamp, c'est, tu le penses bien, sans aucune malveillance.

Pour toute réponse, Hervé lui envoya, sur l'épaule, une large tape.

Puis :

— Passe-moi tes gâteaux, que je les porte.

Qu'on les lui demandât, d'abord, ses gâteaux, qu'on les portât, ensuite, quelle joie pour l'excellent homme.

A Crissol, on n'est jamais loin de chez soi.

Pierre et Hervé arrivèrent promptement à destination et pénétrèrent dans le petit salon, non dénué de quelque prétention, où les amis se tenaient déjà.

— Voilà nos retardataires, s'écria Nanette. A-t-on idée de pareils lambins.

Cette entrée en matière n'affecta personne. La joie était trop générale pour être atteinte.

D'ailleurs, tout de suite, on passait à table et le repas commençait.

Quel repas que ces agapes amicales où sont d'accord les sensations et les sentiments.

Des plats sains et copieux, des rires sincères, un appétit de bon aloi qui ne fait tas de manières ! Tout ajoute à la fête. Il n'y a aucun risque à faire durer le déjeuner, on ne s'y ennuie jamais.

Vers le dessert :

— Qu'as-tu donc, Paul, observa Nanette qui aurait bien voulu être piquante. Il semble qu'il te manque quelque chose.

— Oui, répondit Paul, en cherchant de côté et d'autre.

— Quoi donc ?

— J'aurais voulu quelques-uns de ces gâteaux que fait parrain.

— Mais, j'en ai. Il y en a. Où sont-ils donc ? expliqua le juge.

Ils étaient sur le buffet, Nanette n'ayant pas jugé à propos de les servir.

Mathilde se leva, gracieuse.

— Je vais les chercher.

— Attends que je t'aide, ajouta Paul qui se levait en même temps.

Les deux boîtes furent vidées dans un plat qui apparut majestueusement sur la table.

— Une seule boîte aurait suffi, remarqua Nanette.

— Que non, déclara Mathilde, elle aurait à peine suffi à moi seule.

Le père Pierre était dans la jubilation.

En ce moment, il eût reconnu à la belle fille toutes les qualités qu'il lui déniait quelques heures plus tôt.

D'ailleurs, on s'était jeté sur les gâteaux et on les dévorait à belles dents.

Etait-ce par conviction ? Ou pour faire plaisir au digne homme ? Je ne sais.

Au vrai, le gâteau était bon. Long, étroit, plat, il se mangeait, tout au moins, dans un joli geste.

Et le plus coquet était certainement fait par Mathilde dont il mettait en une évidence gracieuse, là, main, les lèvres, un bout de langue, les dents si blanches et des yeux étincelants de plaisir.

Cette superbe fille avait vingt ans.

La taille était un peu au-dessus de la moyenne et admirablement prise. Sa physionomie avait une expression intense que tout concourait à embellir : ses cheveux châtains bien plantés, des yeux de ce gris clair si supérieur aux bleus, l'ovale parfait du visage, un nez aux ailes diaphanes et mobiles très éloquent, une bouche ouverte sans parcimonie sur des dents nacrées que faisaient ou qui faisaient valoir des lèvres éclatantes de santé.

— La coquine, pensait le père Pierre, ce qu'elle est jolie.

On débouchait avec précaution une bouteille de vieux Bordeaux qui est bien le meilleur vin du monde et rougeaillait dans des verres pleins jusqu'au bord.

Le juge leva le sien.

— Je bois, dit-il, à nos vieux amis Auchamp, aux triomphes de mon fils Charles, au retour de mon autre fils Paul. Je bois, ajoutait-il, en mangeant un de ces bons gâteaux que nous fait Pierre... Nous buvons, n'est-ce pas, Nanette, terminait-il en choquant son verre contre celui de sa femme.

Tout le monde l'imita.

Ce petit toast ne terminait pas le repas. On était si bien à table. Si l'appétit était satisfait, la joie continuait d'être communicative.

On écoutait Charles dire comment il était forcé de rentrer à Paris au commencement de septembre où les bureaux du projet de chemin de fer d'Alger au Cap allaient s'ouvrir et mettre au point les études préliminaires avant d'être transportés à Alger.

— Et, tu es bien payé ? demanda Madame Auchamp qui, toute sa vie de fille, puis d'épouse, de professeur, avait dû compter.

— Mille francs par mois, dit Charles.

— Autant qu'un proviseur de lycée, remarqua M. Auchamp.

— Tu pourrais te marier, reprit sa femme.

Le grand garçon, ai-je dit qu'il était grand, ne put s'empêcher de rougir.

Charles Héloin était donc d'une taille

plutôt élevée, maigre. Avec cela une figure quelconque. Ceux qui l'auraient jugé sur le succès étourdissant qu'il venait de remporter eussent, en le voyant, été déçus.

— Et toi, filleul, demanda Pierre, que penses-tu faire ?

tons bien volontiers, répondit son père.

— Qui veut du tabac, continua ce dernier, en tirant sa pipe et sa blague.

— Ah ! ajouta-t-il, voici le courrier. Toi qui ne fumes pas, Auchamp, lis-nous donc le journal.

— Je m'en garderai bien, fit Au-

Cette superbe fille avait 20 ans.

— Moi, mon parrain, je me propose d'abord, de passer de bonnes vacances. Puis, si papa le veut toujours, d'aller commencer mes études médicales à l'école préparatoire de Caen où je retrouverai nos bons amis Auchamp, ajouta-t-il, mais en regardant Mathilde.

— Ma femme et moi nous y consen-

champ, nous avons mieux à dire que de lire ces raseurs.

— Il est certain, fit Nanette, qu'il est bien perdu le temps qu'on leur consacre.

— Je réclame, dit Paul Celial, entre deux bouffées de sa cigarette.

— Pourquoi, demanda Mathilde.

— Parce que, sans la presse, notre Charles n'aurait pas été estimé si vite à sa valeur.

— Très bien ! très bien ! ponctua son père. Tu as gagné le procès, Paul ; aussi, vais-je rendre un jugement en ta faveur.

Et, sans se douter qu'il rendait son dernier jugement, il prononça :

— Attendu que si les journaux laissent parfois à désirer, que, suivant mon opinion sévère, mais juste (il tournait les yeux vers sa femme) leur lecture fait perdre un temps précieux ; mais, attendu, d'autre part, qu'ils sont capables de rendre les plus grands services, comme, par exemple, de révéler au monde, les talents éminents, de M. Charles Héloin.

« Par ces motifs,

« Ordonnons que le sieur Auchamp, professeur émérite au lycée de Caen, devra resaisir les journaux qu'il a dédaigneusement rejeté dans un coin, en enlever délicatement les bandes, les déplier et nous en donner lecture à haute et intelligible voix.

— Et ce sera justice, jeta Mathilde.

— Et tu sais, Auchamp, poursuivit le bon juge, c'est exécutoire, nonobstant appel.

— Dans ce cas, répliqua Auchamp, je m'incline et je t'obéis.

Le silence s'était fait.

Auchamp commençait sa lecture.

— Naturellement, dit-il. Voici un banquier de Paris qui est arrêté. On n'a pas trouvé un sou en caisse. Douze millions auraient disparu.

Passons à un autre.

— Quel banquier ? demanda Charles.

— Un nommé Max... Qu'as-tu ?

Cela s'adressait au juge.

Hervé Célial venait de s'écrouler sur son siège.

On se précipita autour de lui. On le releva et on le coucha sur un canapé.

— C'est une congestion, fit Paul. Charles, je t'en prie, cours chercher le Dr Barraud.

Charles s'élançait déjà au dehors.

La cuisinière apparaissait à la porte, s'essuyant les mains à son tablier.

— Marie, lui dit Paul, allez chez le pharmacien ; dites-lui que papa est frappé d'une congestion et priez-le de venir avec ce qu'il faudra au Dr Barraud.

— J'y vais, monsieur Paul, et, elle aussi, se hâtait vers le secours.

Tout en parlant, Paul avait arraché le faux-col de son père, et lui frottait les tempes avec du vinaigre.

La fenêtre était largement ouverte, mais l'air était si chaud par cet après-midi de juillet qu'il ne pouvait guère améliorer la situation.

Pourtant, le malade parut un peu mieux. Il essayait de parler.

— Aussi bien, dit Nanette, il avait beaucoup trop mangé.

— Oh ! maman, fit Paul.

— Il veut parler, observa Madame Auchamp. Que dites-vous, ajouta-t-elle en approchant son oreille des lèvres presque nouées du juge.

— Ruiné... Pauvre enfant... Pardon.

— Hein ! questionna Nanette.

— Il avait peut-être, placé son argent à la banque Max, proposa Madame Auchamp. En savez-vous quelque chose, M. Pierre ?

— Je crois, en effet, répondit ce dernier, qu'il y avait mis toutes ses économies. Et les miennes, ajouta-t-il.

Mais ses préoccupations étaient ailleurs.

— Il faudrait, peut-être, lui fendre l'oreille et le faire saigner.

— Voici le médecin et le pharmacien, dit M. Auchamp. Venez, vite, docteur, Célial paraît en danger.

— Ecartez-vous, demandait le docteur. Paul, allumes un peu d'alcool que je flambe ma lancette. Là, c'est bien.

Il piqua une veine.

Une goutte d'un sang épais et foncé en sortit avec peine.

Il massa le bras.

— Donnez-moi de l'éther, dit-il au pharmacien. Je vais lui en injecter.

Sous ce cinglement, un peu de vie revint sur les traits du juge, mais ce ne fut que pour un instant.

Tout le corps s'affaissa. La mort avait fait son œuvre.

— Mon pauvre enfant, dit le Dr Barraud en serrant les mains de Paul Célial, vous aviez un excellent père.

Il serra également les mains de Nanette et des autres personnes puis sortit accompagné du pharmacien.

Dans la salle à manger, tout le monde pleurait à chaudes larmes.

Un quart d'heure passa, lugubre.

— Il conviendrait de le transporter sur son lit, proposa M. Auchamp.

Déjà, la nouvelle de ce décès s'était répandue dans la ville. Des amis, des voisins accouraient, et proposaient leurs services.

Avec leur aide, M. Célial fut transporté dans sa chambre. On procéda à sa dernière toilette et la veillée du mort, si pénible, commença.

CHAPITRE II

Jamais deux sans trois

Les obsèques de M. Célial eurent lieu le surlendemain.

Comme il avait été, dans toute l'acception du terme, un homme de bien, comme, en outre, c'était, ainsi que son père et son grand-père, un enfant du pays, tout Crissol, ému et respectueux, suivit son cercueil.

Le père Pierre, pâle, défait, navré, soutenait son neveu dont le désespoir faisait peine à voir.

Jusqu'alors, la vie pour Paul avait été clémente et douce.

La mort de son père, c'était son premier chagrin.

Accablante et soudaine, elle l'avait frappé en pleine fête, dans la surprise, sans que rien n'y eût préparé le jeune homme. Le coup avait été traître autant que cruel.

La ruine, dont il ne se rendait encore que peu compte, ajoutait aussi à son chagrin ses flétrissures mondaines.

Il se sentait entouré non seulement de la sympathie générale mais encore d'une pitié qui l'amoindrissait, qui le diminuait à ses propres yeux.

La veille, le notaire de Crissol, qui était un ami de M. Célial et son suppléant à la justice de paix, était venu inventorier les papiers du défunt.

Les comptes étant admirablement tenus, le notaire eut vite découvert que le juge, après avoir confié à la banque Max toutes ses économies avait été, cédant à des suggestions captieuses, jusqu'à y ajouter les économies de son frère Pierre.

On retrouvait encore une somme de trois mille francs dont la provenance était assez confuse.

En désespoir de cause, le notaire pressait le père Pierre de questions avec cette idée qu'il était au courant.

— Eh bien, voici, dit enfin ce dernier, Hervé ayant encore besoin, après que je lui eus remis ce que je possédais, de 3.000 francs, j'empruntai cette somme dans mes relations. Mais, ajouta-t-il, qu'on ne s'en inquiète pas ; il est inutile d'en parler ; c'est moi seul que cette affaire regarde.

— Et avec quoi rembourserez-vous ? remarqua le notaire, puisque vous n'avez plus rien.

— Bah ! je travaillerai. Au bout de l'année, je parie bien que je ne devrais plus grand chose.

— Que tu es bon, mon cher vieux parrain, dit Paul en embrassant l'excellent homme.

— Non, M. Célial, fit le notaire, il ne faut pas attendre un an. Ce soir je vous ferai porter la somme afin que vous vous acquittiez sans qu'on ait à vous réclamer de paiement. Puis, pour me rendre ces mille écus, vous prendrez tout votre temps.

— C'est gentil à vous, M. Trême, de faire cela, reprit Paul, ni parrain ni moi ne l'oublierons.

Le notaire ne fut pas le seul à témoigner à Paul une sympathie effective.

M. Auchamp, et on doit croire à sa sincérité, s'ouvrit au père Pierre de ses intentions.

— Voici, donc, lui dit-il, ce pauvre Paul ruiné.

— Hé !...

— Il n'a plus les moyens de faire ses études médicales ?

— Hé !...

— Hé bien ! Pierre, je le prends chez moi, à Caen ; il y sera comme le frère de Mathilde. Il n'aurait plus à payer que ses inscriptions et ses examens.

— Ce sera encore trop pour lui.

— Aïe, aïe. Voyons, je sais que la faillite Max vous a atteint vous aussi, sans quoi, d'ailleurs, Paul n'aurait besoin de personne...

— Ah ! quant à cela, s'écria Pierre, vous pouvez en être sûr.

— N'en parlons plus. Mais, dites-moi, que Paul vienne quand même à Caen, je trouverai le moyen de prélever sur mon traitement ce qu'il lui faudra. Dites-le lui et insistez pour qu'il accepte. En somme, je suis le plus vieux ami de son père. Décidez-le.

— Pour lui et pour moi, Auchamp, je vous remercie. Je vous remercie de tout cœur. Oui, de tout cœur, appuyait le brave Pierre qui était peu éloquent. Je ferai savoir vos offres à Paul.

— Quand cela ?

— Aussitôt après les obsèques.

— Entendu.

De fait, au retour du cimetière, Pierre entraînant Paul dans une chambre isolée qui donnait sur le jardin, lui raconta la conversation qu'il avait eue avec M. Auchamp et le pressa de prendre une décision.

— Que dois-je répondre ? Conseille-moi, parrain ; conseille-moi comme l'eût fait mon père.

— Je ne suis pas habitué à donner des conseils.

— Oh ! je te connais. Je devine à ta façon de parler que tu n'es pas d'avis que j'accepte.

Et comme l'autre protestait :

— Non, non, ne t'en défends pas. Je vois bien que si tu étais à ma place tu refuserais.

— Si j'étais à ta place, peut-être.

— Alors, pourquoi ferais-je autrement que toi.

— Précisément, parce qu'un neveu éduqué comme tu l'as été ne peut se mettre à la place d'un oncle tel que moi. Nos situations sont trop différentes pour que nous ayons le même point de vue.

Ce raisonnement ne manquait pas de logique.

C'était consciencieusement déduit.

Et chacun de nous est porté à envisager les choses suivant sa conscience.

Pour d'autres, c'est l'honneur seul qui décide.

La conscience n'est pas toujours un juge, intègre, impeccable, impartial.

L'honneur ne trompe jamais.

Paul réfléchissait à ce qu'il venait d'entendre.

— Crois-tu, demanda-t-il, que les Auchamp aient, sans se gêner, les moyens de m'aider à faire mes études.

— Je ne puis le savoir.

— Ton avis ?

— Mon avis, mais je puis me tromper, est que Madame Auchamp dépense largement ce que gagne son mari et les petites rentes qu'elle peut avoir.

— Dans ces conditions, je refuse.

— Tu pourrais, peut-être, prendre quelques jours avant de donner ta réponse.

— Non, parrain, inutile, ma décision est prise ; je ne reviendrais pas dessus.

Les yeux du parrain s'allumèrent d'une flamme qui, pour fugitive qu'elle fût, n'échappa pas au neveu.

— Tu es content, dit-il. Mais, oui, tu

es content ; cela se voit du reste. Dis-le
donc, va, tu trouves que j'agis bien.

— Oui.

Et une solide poignée de main ponctua
cette affirmation.

Il y eut un moment de silence. Pierre
Célial le rompit :

— Oui, tu as raison de refuser. Ton
père comptait que tes études à Caen coû-
teraient au bas mot, trois mille francs
par an. Or, en admettant que tu trouves de ton côté quelques ressources, jamais les Auchamp ne pourront y suffire.
A la longue, la situation leur peserait si
lourdement qu'ils en arriveraient à re-
gretter leurs propositions amicales.

— Elle me coûterait encore davantage
à moi-même.

— J'en suis sûr.

Le silence reprit.

Paul et son oncle s'étaient assis.

L'ombre du soir estompait les objets
qui garnissaient la chambre où cette
conversation avait lieu.

Il sembla cependant à Paul que son
oncle s'assoupissait.

— Pauvre parrain, pensa-t-il, il a tenu
à passer toute la nuit auprès du corps
de papa.

Lui-même qui avait peu et mal dormi
se sentait envahi par le rêve.

Soudain des bruits de paroles qui se
rapprochaient, attirèrent son attention.

Il reconnut bientôt les voix.

C'était Mathilde et Charles qui causaient.

— J'en ai assez de marcher. Je suis
anéantie par toutes ces émotions, disait
Mathilde, asseyons-nous.

Il y avait un banc précisément sous
la fenêtre de la pièce où se tenaient
Paul et son parrain.

Paul fit un mouvement pour s'arracher à ses tristes pensées, à son affais-
sement et ouvrir la fenêtre. Il n'en eut
pas le courage.

La conversation dont le moindre mot
ne pouvait lui échapper et qui devait,
éternellement, demeurer gravée dans sa
mémoire impitoyable, reprenait.

— Alors, Mathilde, tu es bien décidée.
Tu en avertiras Paul. Nous nous ma-
rions.

A ces mots, malgré sa lassitude, Paul
se dressa comme s'il venait de recevoir
un coup et se précipita vers la fenêtre.

Son oncle qu'il croyait endormi, éten-
dit la main, lui barra la route et le con-
traignit à s'asseoir.

— Ecoute, commanda-t-il tout bas.

— Oui, c'est décidé, répondait Mathilde. Paul et moi n'avions échangé que
des promesses d'enfant. Il me rendra
ma parole, comme je lui rendrai la sien-
ne. Dans sa situation, ce serait fou de
se marier. Il se rendra à l'évidence.

— Il souffrira.

— Qu'en sais-tu ?

— Il paraît t'aimer si sincèrement.

— Si tu penses à cela, pourquoi me
demandes-tu ma main ? Tu sais, il est
encore temps de la laisser à un autre.

— Ne fais pas la méchante. Je t'aime—
Mathilde. Je t'ai toujours aimée.

— Pourquoi ne me l'avais-tu pas dit ?

— Pourquoi ?

— Oui, pourquoi ?

— Je ne saurais te l'expliquer. Je crois
bien que c'est toi qui viens de me révéler cet amour, qui m'as appris à lire
dans mon cœur.

Si à Polytechnique on apprenait à lire dans le cœur ou, tout au moins, dans
les yeux des femmes, Charles Héloin
eut été quelque peu mortifié de ses dé-
couvertes en regardant Mlle Auchamp.

— Godiche, murmura le père Pierre.

— Ne te frappes pas, va, reprenait Mathilde, puisque tu y tiens tellement je
serai ta femme. Moi aussi je t'aime.
C'est toujours toi que j'ai aimé et préféré, mais devant ta réserve et devant ses
avances j'ai pu sembler avoir un pen-
chant pour Paul.

— Pauvre Paul ; le voilà bien malheureux. Il ne pourra jamais terminer ses
études. Mais, nous l'y aiderons, n'est-ce
pas, Mathilde.

— Avec quoi ?

— Puisque je vais gagner mille francs
par mois, on pourra bien en distraire
un peu pour Paul.

— Un peu ne lui suffira pas ; davantage nous gênerait. Veux-tu que je me
prive de tout ?

— Non, évidemment, mais songe que
ce que je suis et par conséquent ce que
tu seras, mon instruction, mon éducation, tout, tout, je le dois à son père.
L'argent de poche dont j'ai toujours été
libéralement pourvu, c'est de M. Célial
que je le tenais. Ce qu'il a fait pour moi,
ne devrais-je pas le faire pour son fils ?

— Ce que M. Célial pouvait faire sans
se gêner, nous, nous ne le pourrons pas.

— Il avait tiré ma mère de la misère.

— Ta mère avait des rentes.

— Heu ! cent francs par mois, en via-
ger et encore ne lui a-t-on consenti cette
libéralité que quand on a vu M. Célial
l'épouser.

— Mais, alors, il faudra, maintenant,
venir en aide à ta mère, aussi. Comment veux-tu que nous aidions encore
Paul. Choisis entre l'un et l'autre. Puis
pense à moi, pense à nous. J'ai tant
souffert de la médiocrité que j'ai hâte
de m'en débarrasser. Je veux la rejeter
tout de suite comme un costume sale.

— Ne crains rien, ma chérie, tu seras
heureuse ; tout ce que tu désireras tu
l'auras. Pense à la position que va me
faire le chemin de fer d'Alger au Cap.
Dès que nous serons sur place, on double, puis on triple mes appointements.
On m'a dit que je serai le roi d'Alger, tu
en seras la reine. Je te vois dans une
superbe villa, sur les hauteurs de Mustapha avec, autour, des bois d'orangers,
et, des nègres autant que tu en voudras
pour te servir comme une esclave.

— Que c'est beau, Charles, dis-moi,
qu'aurons-nous encore ?

— Des chevaux et des voitures. Tous
les salons s'ouvriront devant toi. Tu re-
cevras et tes invitations seront recher-
chées par tout ce que la colonie compte de hautes personnalités.

— Quel rêve, quel rêve. Je voudrais le vivre dès demain. Viens dire à ta mère nos projets et qu'elle demande tout de suite ma main à mes parents. Il faudrait se marier avant ton départ à Paris.

— C'est possible. Mais Paul.

La réponse siffla comme un air de fifre :

— Baste. Je m'en charge.

— La gueuse, grinça le père Pierre.

Paul s'était renversé sur l'épaule de son parrain et pleurait silencieusement comme un enfant.

Tout son corps était secoué convulsivement. Pierre craignit un moment que son neveu ne se trouvât mal, mais que faire ?

— Que de malheurs à la fois, disait l'enfant. Tout m'accable. Misère de la vie ! Je perds en même temps mon père, ma fiancée, ma fortune. Oh ! je voudrais mourir. Je n'ai plus rien à quoi je tienne...

— Pourtant, je suis là, fit doucement l'oncle.

— Il ne faut pas m'en vouloir de ce que je dis, mon parrain. Oui, tu es là. Je le sens bien. Si je ne t'avais pas, que deviendrais-je ?

— Mon petit, tu es, toi aussi, tout ce qui me reste au monde. Il faut que tu vives, que tu te refasses une existence, ne serait-ce que pour moi.

— Oh ! cette Mathilde. Dix fois, cent fois, au cours de nos vacances nous nous promettions de nous marier. Nous faisions de si beaux projets, et jusque dans les plus menus détails. Songe donc, parrain, que nous allions visiter la maison du Dr Barraud à qui je devais succéder pour y arrêter la place de nos meubles futurs. La malheureuse.

De grosses larmes coulaient de ses joues intarissablement et tombaient sur les mains de son oncle à qui elles causaient un mal indicible.

— Ne pleure pas, mon petit gars, causait le brave homme, bien embarrassé, ne pleure pas. Elle n'en valait pas la peine. Je l'avais toujours dit que c'était une pas grand chose. Ce crétin de Charles l'apprendra à ses dépens.

— On ne pense plus guère à nous, reprit-il ; ce n'est pas une raison pour demeurer indéfiniment dans ce cabinet noir. Que diable ; on ne nous a pas mis en pénitence... Ça ne te fait pas rire. Pardonne-moi, mais je suis un pauvre vieux homme qui ne sait que faire pour te consoler. Sèche tes yeux. Fais bonne contenance.

— J'aimerais mieux ne pas les revoir.

— Il le faut. Un peu de courage et ça passera. Aussitôt après le dîner tu monteras te coucher et tu auras la paix. En même temps, tu réfléchiras à ce qu'il y aurait lieu de décider. Naturellement, après ce que nous venons d'entendre, je remercie Auchamp et je refuse.

— Oh ! oui.

— Un mot, encore, parrain, continua Paul, promets-moi de ne parler à personne, pas même à Charles, de sa conversation avec Mathilde.

— Je te le promets.

— Demain, demain seulement, ce soir je le voudrais, mais je n'en n'aurais pas le courage. Je rendrai à Mathilde sa parole.

Quand Pierre et Paul entrèrent dans ce petit salon familial si gai trois jours plus tôt et où le malheur était entré entre les pages d'un quotidien de Paris, Nanette, Mathilde et Charles causaient à voix basse et se turent embarrassés.

Point n'était difficile de deviner de quoi il était question.

Et à la figure rayonnante de la veuve, on voyait que de bonnes nouvelles l'avaient consolée.

Comme son fils l'avait dit, Nanette devait tout au juge de paix. Avant de l'épouser, elle était à la veille de tomber dans une misère noire, ayant achevé de dépenser les restes d'un mince capital qu'elle tenait de son premier mari.

Ce qui compliquait sa situation gênée, c'est qu'elle était dépourvue d'instruction. A peine savait-elle lire ; on ne lui avait jamais appris à écrire. Son deuxième mari s'y efforça en vain : il était trop tard.

Tant que vécu Hervé Célial, Nanette témoigna envers lui et envers son fils de beaucoup d'affection et de reconnaissance. Au fond de son cœur, elle leur en voulait de leur modeste fortune et de sa dépendance.

C'était une ingrate.

Elle en voulait même à Paul de ce qu'il allait épouser cette jolie Mathilde dont la beauté lui paraissait, non sans raison, valoir un trésor.

D'où sa joie quand Charles et Mathilde l'eurent mise au courant des projets que nous connaissons et l'eurent priée d'arranger le mariage, dès le lendemain avec M. et Madame Auchamp.

L'arrivée de l'on le et du neveu troubla un moment le trio.

Mathilde se ressaisit la première. L'astuce des femmes a du ressort.

Elle courut à eux.

— Nous nous demandions, dit-elle, ce que vous deveniez et j'allais vous prévenir qu'on n'attendait plus que vous pour servir le dîner. Tu sais, Paul, je me suis invitée à votre table, ce soir.

Paul eût été incapable de répondre.

Il eut un léger sourire et on passa dans la salle à manger.

Tel était, dans son esprit, le triomphe de Nanette et un soupçon de dédain pour Paul qu'elle posa devant Charles la soupière qui, depuis le décès de M. Célial, elle remettait à Paul.

Charles ne devenait-il pas le chef de la famille.

Le père Pierre s'aperçut du fait et sans paraître y attacher une importance quelconque.

— Que vous êtes distraite, ce soir, Nanette, dit-il.

Et prenant la soupière il la donna à son neveu.

Au pincement involontaire des lèvres

vite. C'est si choquant au premier abord. Et moi-même, qui y ai pensé toute la nuit, qui ne vois rien de mieux pour toi, qui ne t'en parle qu'en désespoir de cause, tu me sens tout perplexe.

— Dis, toujours, parrain, ce qui m'est le plus utile c'est qu'on me dispense de réfléchir. Guide-moi, j'irai où tu voudras. Quelle profession me proposes-tu ?

— La mienne.

— Comment.

— Tu le vois, cela te révolte : n'en parlons plus.

— Vous voudriez que... que... que je soye pâtissier ?

— Non ! je ne le veux plus. J'ai été ridicule d'y penser. Pâtissier, fit-il en s'efforçant de rire, c'était bon pour ton vieux oncle, pour ton père, pour ton arrière-grand-père. Mais, toi, avec ton instruction, avec ton éducation, tu peux mieux faire. Hein ? fus-je assez sot d'y penser.

— Comment cette idée stupide m'est venue ? Je me suis dit... Tu sais. J'avais l'intention de vendre mon fonds à mon ouvrier. Nous étions d'accord. Il n'y avait plus qu'à passer les actes. Or, hier soir, il m'attendait et me disait qu'il n'était plus acheteur parce que... parce que... je ne sais plus au juste pourquoi. Bref, il était obligé de retourner dans son pays, près d'Orléans. Ma foi, ça faisait si bien mon affaire que j'ai tout de suite abondé dans son sens. Il part dans les premiers jours de septembre. Dans un mois, quoi ?

— Je vais me remettre au travail. Ce n'est pas ça qui m'inquiète. Je vendais parce que, seulement je n'avais plus besoin de travailler, tandis que maintenant !... de moi un esclave ?

— C'est alors que je me suis dit : Pourquoi Paul ne viendrait-il pas avec moi. Il aurait vite appris le métier. Ce n'est pas difficile, la pâtisserie. Les plus belles dames, des filles de roi ont, de tout temps, fait des gâteaux. C'est un métier propre, pas pénible. Et les clients ? très agréables, pas tout le monde comme ceux des boulangers. Il faut que tout le monde mange du pain. Oserais-tu, si tu étais boulanger, en refuser à des pauvres qui sont affamés et qui n'ont pas d'argent pour en acheter ? Non, n'est-ce pas. Tu préférerais leur en faire cadeau.

— Dans la pâtisserie, il n'en est pas ainsi. Nous ne voyons que des visages heureux. Le gâteau c'est un superflu, c'est un signe de contentement. Tous nos clients sont joyeux. Tous payent bien, là, rubis sur l'ongle.

— Avant deux mois, mon petit Paul, je t'aurais enseigné tous les secrets du métier.

— L'apprenti le plus borné ne met pas un an pour passer compagnon.

— Toi qui es instruit et intelligent, il te faudra trois semaines, un mois. Pas plus.

— Chez moi tu es ton maître, n'est-ce pas. Tu fais ce que tu veux. Tu ne dépends de personne. Tu es indépendant.

— Ce qu'en dira le monde ? Que t'importe ? Même, je suis sûr que les gens trouveront ta résolution très crâne.

— Il n'y a aucun déshonneur à être pâtissier. Ne l'est pas qui veut.

— Et puis, on ne se quitterait pas. Tu m'aiderais à vieillir. Et puis, petit Paul, je t'écouterais, si tu voulais parler d'elle.

On frappait à la porte.

— Qui est là ? demanda Pierre.

— Moi, Charles.

— Que veux-tu ?

— Ne pourrais-je causer à Paul.

— Je t'écoute. Parle.

— M. Auchamp voudrait savoir si mon cousin verrait quelque inconvénient à ce qu'il m'accordât la main de Mathilde.

— Aucun.

— Ne pourrait-il venir le lui dire ?

— C'est moi qui vais y aller. Prie-le de m'attendre.

Paul s'était jeté sur son lit et avait enfoncé son mouchoir dans sa bouche pour qu'on n'entendît pas des cris qu'il se sentait incapable de retenir.

Le père Pierre se pencha, navré, sur son douloureux filleul et oubliait de descendre.

Paul, de la main, lui rappela la promesse qu'il venait de faire, en lui désignant la porte.

— Après, parrain, tu reviendras près de moi, n'est-ce pas.

— Oui, mon petit. Mais, vas-tu penser à ce que je t'ai dit ?

Paul eut un signe affirmatif.

C'est alors que Pierre Célial s'était rendu auprès de M. Auchamp.

— Je suis autorisé à vous dire, déclara-t-il, que Paul persiste dans ses résolutions et, loin de mettre obstacle au mariage de Charles avec Mathilde, il pense qu'ils sont bien faits l'un pour l'autre.

Le père Pierre était trop désemparé pour avoir manigancé cette phrase ambiguë. Mais, plus tard, chaque fois qu'elle lui revenait à la mémoire, il se rendit ce témoignage qu'elle reflétait nettement son opinion.

— M. Auchamp, continua-t-il, vous, Nanette, et toi, Charles, excusez-moi de vous quitter. Paul ne saurait demeurer seul.

— Ne pourrions-nous le voir, ne serait-ce qu'une minute ? dirent en même temps Charles et M. Auchamp.

— Non, pas en ce moment. Plus tard.

Revenu près de son neveu, toujours prostré sur son lit, il voulut lui répéter ce qui venait de se dire.

Mais, Paul l'arrêta lui faisant signe qu'il ne voulait rien savoir.

— Et alors ?

— Alors ; j'accepte ; je serai pâtissier. Et à nouveau, il s'enfouit la tête dans ses oreillers en sanglotant.

CHAPITRE III

Je serai pâtissier

Quand Crissol apprit que Paul Célial, bachelier ès-lettres et ès-sciences, fils de l'ancien juge de paix, abandonnait les études médicales pour se faire pâtissier, il opina favorablement.

Ruiné, il se mettait au travail et entendait gagner lui-même sa vie. C'était parfait.

Le geste était beau. Il fut applaudi.

— Pas bête, ce garçon-là, dirent les uns.

— Il n'a pas peur de mettre la main à la pâte, osa un jovial Crissolois.

— Au moins, s'il nous rend malade, ce sera pas par ses ordonnances, mais avec de bons gâteaux dont on se donnera une indigestion.

Et tout le monde de rire.

A la campagne tout se sait.

Dans les villes, l'individu est perdu dans la foule, on ne le distingue plus, on le perd de vue.

Il est, au contraire, dans les campagnes, comme isolé, bien en évidence et aucun de ses gestes n'échappe à l'investigation de voisins curieux, dépourvus de distractions, pour qui le temps ne compte guère.

A Crissol on eut vite appris ce qui, de ce que nous savons, avait pu transpirer au dehors.

On se répéta que Paul Célial avait pris l'initiative de déclarer qu'il ne pouvait plus épouser Mlle Auchamp, qu'il lui rendait sa liberté et que même il ne voyait aucun inconvénient à ce qu'elle se mariât avec Charles Hédoin.

Ce récit fut très commenté.

Il ne satisfaisait pas complètement l'opinion publique.

Dans tous les cas, celle-ci n'admettait guère que la jeune fille et son fiancé aient si facilement pris au mot un malheureux garçon désorienté par une série de catastrophes.

Au reste, les Auchamp, la Nanette et son fils ne jouissaient pas de grandes sympathies.

On se promit de les observer.

A cet égard, la curiosité générale en fut pour ses frais.

Les intéressés semblaient avoir pris leur parti des événements et leurs relations, un moment pénibles, suivirent le cours de jadis.

Mathilde, sur ses gardes et redoutant toujours un incident contrariant, faisait montre d'une gaîté qui n'était que superficielle et qui frisait, parfois, l'agression.

Depuis que Paul s'y tenait dans la journée, elle fréquentait assidûment la pâtisserie Célial.

Dès qu'il en eut ainsi décidé, Paul s'était mis au travail. Tout ce qu'on aurait pu lui reprocher, c'eût été de vouloir trop en faire. Même en cela l'excès est un défaut.

Il arrivait le premier au fournil et n'en voulait sortir que le dernier.

Du reste, comme le lui avait dit son parrain, le métier avait bien ses charmes.

Ouvrant largement sur une vaste cour le fournil était clair et gai. Et propre.

— J'ai voulu qu'il fût comme un salon, affirmait le père Pierre.

— Un salé pâtissier, ajoutait Paul, ne saurait faire de bons gâteaux.

— Toi qui sais tout, poursuivait l'oncle, tu ne peux ignorer que l'un de nous, je veux dire, un pâtissier, fut un bon poète...

— Reboul ?

— C'est ça, Reboul. J'ai toujours pensé qu'il aurait aimé faire ses vers dans un fournil comme le nôtre.

— La propreté, continuait Pierre, c'est notre luxe à nous qui ne sommes pas riches. De même, pour nos produits, je défie la plus réputée pâtisserie du monde d'en avoir de meilleurs.

— Ça, patron, c'est vrai, tranchait l'ouvrier. Votre farine est d'un blanc, d'un fin, à ne pas le croire. On dirait de la farine de boulanger.

— Pourquoi Robert — c'était le nom de l'ouvrier — dit-il que notre farine, parrain, est comparable à celle des boulangers ? demanda Paul.

— C'est que trop souvent, certains pâtissiers emploient des farines de qualité inférieure et dont un boulanger ne voudrait pas. S'il l'employait, en effet, son pain aurait mauvais goût. Dans le pain où il n'y a que de l'eau et de la farine, le moindre défaut se fait sentir.

Il est, au contraire, facilement masqué dans un gâteau par le sucre, le lait, le beurre, la vanille et autres ingrédients. Dans un but de lucre, il y a donc des pâtissiers qui sont enclins à utiliser ces mauvaises sortes. Il faut, d'ailleurs, se souvenir que le public s'aperçoit rarement de la supercherie.

— Il en est autrement, remarquait Robert, des crèmes vieilles ou suries qu'on tente de faire servir tout de même.

— Alors, gare aux coliques, même aux empoisonnements.

— Dame, le public est obligé de nous faire confiance ; à lui de distinguer les maisons scrupuleuses de celles qui tentent de lui écouler des produits douteux.

Paul apprit à chauffer le four.

— As-tu remarqué, lui fit observer son parrain, la belle flamme que donnent nos bourrées. Regarde. Pas la moindre fumée. Et cette odeur : comme c'est pur, comme c'est sain. Aussi, c'est toujours moi qui ai choisi mon bois, qui l'ai fait couper et qui l'ai fait rentrer. Et comme bois, du genêt épineux.

Examine de plus près cette bourrée que je vais mettre dans le four. Non seulement tu n'y trouveras ni herbe, ni saleté, mais sache, mon gars, qu'elle est dans mon grenier depuis près de trois ans.

Tu peux être certain qu'elle ne contient pas, et depuis longtemps, la moindre goutte d'eau.

C'est aussi tout profit pour moi car mon four chauffe plus vite.

Le voici partout d'une blancheur uniforme. On va nettoyer la sole et pas avec un torchon crasseux et une eau croupie. Non, mon petit, jamais le père Pierre, de sa vie, ne s'en est servi. A chaque fois, je tire à la pompe de l'eau propre et chaque jour mon torchon est lavé et séché.

Dans ces conditions, il n'est pas possible que je n'aie pas de bons gâteaux. On le sait du reste.

Voici la pâte au four. Note l'heure, Robert.

Tu le vois, Paul, même pour l'heure, j'ai, sous la main, une ardoise et de la craie. Jama's je ne m'en suis fié à ma mémoire, d'autant qu'il est bon que tout le monde autour de nous sache l'instant précis où la cuisson commence.

— Il est vrai, dit Robert, qu'en cas d'oubli on peut rouvrir le four et voir où en est la pâte.

— Mauvais système, mon ami, fâcheux expédient. Tu perds du temps, tu perds de la chaleur, tu troubles le travail de ton four.

Mais, le four, Robert, c'est un ouvrier comme toi, qui, comme toi, accomplit sa besogne.

Jamais le mien n'a été dérangé dans son œuvre par une ouverture intempestive.

Brave four, allez, voici plus de cent ans qu'il couve de bons gâteaux et gagne la vie de ses maîtres.

Même, il la leur prolonge, la vie, car il a séché, jusque dans leurs fondations, les murs de notre vieille maison. Ce n'est pas ici, Paul, que tu attraperas jamais des rhumatismes.

C'est en devisant ainsi que le travail quotidien s'effectuait.

Quand il était terminé, on nettoyait à fond les ustensiles et le fournil.

Et on ne sortait jamais sans se laver largement les mains au bon savon de Marseille comme on l'avait fait en entrant.

Parfois on entendait sonner le timbre de la boutique.

Si Pierre ne pouvait se déranger il criait :

— Vas-y, Rosalie.

Rosalie, c'était sa bonne. Il l'avait depuis trente ans et elle avait succédé à sa mère qui était restée encore plus longtemps dans la famille.

Si Rosalie était absente ou Pierre disponible, il se débarrassait vivement de son tablier de travail encore qu'il fût d'une rigoureuse propreté, en passant un autre spécial pour la boutique et se couvrait de la casquette traditionnelle en fine toile blanche.

Sous son costume professionnel, il avait fort bon air.

— Rosalie, expliquait-il à son neveu, a beau être comme de la famille et connue de tout Grissol comme moi-même, c'est encore le patron que le public préfère ; c'est par lui seul et pas par la domestique qu'il acceptera d'être guidé dans le choix d'un gâteau.

Paul hésita longtemps à le revêtir, ce costume, et à se mettre aux ordres des clients.

Il pensait, à tort ou à raison, que le public le considérait avec curiosité, même avec pitié.

Puis, un beau jour, il résolut d'y aller crânement et, sur un coup de sonnette du magasin, son parrain étant occupé, il passa le fameux costume et arriva en coup de vent dans la boutique.

Une cliente attendait, le nez tourné vers la rue.

Elle se retourna.

C'était Mathilde. Elle partit d'un éclat de rire argentin qui la rendait encore plus jolie.

— Mazette, fit-elle, en voici un beau patissier.

Et comme Paul, embarrassé, tordait le coin de son tablier qu'il passait sous la tresse de la ceinture.

— Hé quoi, mon ami Pierrot, portes-tu la lune dans ton tablier.

Tu sais, maintenant que tu es pâtissier, je vais pouvoir me régaler. C'est bon d'avoir dans ses relations un pâtissier. Entendu, je commence.

Et sans plus attendre, de son geste supérieurement élégant, Mathilde fit aux gâteaux du père Pierre l'honneur de les croquer à belles dents.

Et tous les jours, vers quatre heures le manège recommença.

Etait-ce par coquetterie, ou pour narguer son ancien fiancé ? ou encore pour d'autres motifs ? il serait bien difficile de le dire.

Par contre, le père Pierre goûtait peu ces visites pendant lesquelles il affectait de ne pas se montrer.

Mais, tapi derrière les vitres de l'arrière-boutique qui servait de salle à manger, il sacrait entre ses dents à chaque gâteau que s'offrait la belle fille.

Ce qui l'encolerait surtout, c'était de voir son filleul souffrir davantage à chacune de ces visites. D'autant qu'il y était invariablement question du mariage de Charles avec Mathilde. Il devait être célébré à Caen, dans la plus stricte intimité, le dernier samedi d'août.

Un jour vint où la patience du père Pierre fut à bout.

Il résolut d'en finir et sans plus tarder que le lendemain.

Le lendemain, il écarta Paul sous un prétexte facile et il se trouvait seul dans son arrière-boutique quand Mathilde arriva.

Suivant son habitude, elle cria :

— Ne te dérange pas, Paul, je me sers.

Et elle croqua, de ci et de là, les gâteaux les plus appétissants.

Elle en était au troisième, quand Pierre Célial, vêtu de blanc, du chef aux talons, fit son entrée dans la boutique.

— Ah ! c'est toi Mathilde : dire que je ne te reconnaissais pas. Je suis content de te voir. Oui Paul est absent. Oh ! il ne va pas tarder à rentrer. Te doutes-tu, seulement, que tu es ma meilleure cliente.

— C'est-à-dire que je consomme beau-coup, mais je ne paie guère.

— Quand à cela, je ne suis pas in-quiet. Jamais Auchamp n'a quitté Cris-sol en y laissant une note en souffrance. Voyons où est la tienne pour que je marque les gâteaux d'aujourd'hui. La voici.

Et de son levé de compte, il sortait une facture où figuraient les dînettes de la jeune fille.

— Hé, hé, faisait le père Pierre, il y en a déjà pour 30 francs, continue ma fille.

Mathilde, de surprise, en oubliait au bout de ses doigts son troisième gâteau.

— Mais, je croyais, fit-elle, que c'était Paul...

— Tu as eu tort de croire, voilà tout. Qu'est-ce que nous marquons aujour-d'hui ? Dis-moi ton choix.

— Ah ! mais, dis donc, le gâteau qui était dans cette assiette, est-ce toi, par hasard, qui l'aurait mangé ?

— Oui, oui, pourquoi ?

— Non, pas possible. C'est encore cette étourdie de Rosalie qui a fait le coup. Eh bien nous voilà frais. Enfin es-tu bien sûre d'avoir mangé ce gâteau ?

— Mais, oui, vous dis-je ?

— Eh bien, ma petite, je te plains de tout mon cœur. C'était une tartelette purgative que j'avais fabriquée pour mon chien. Rentre bien vite, sans quoi ce sera un désastre et, demain, de tou-te la journée, ne sors pas de chez toi. Rosalie ira prendre de tes nouvelles.

Sans plus attendre, honteuse, vexée, furieuse, Mathilde s'esquiva.

Et pendant qu'elle se hâtait, le père Pierre riait dans sa vieille barbe.

La note n'était point destinée à M. Au-champ.

La tartelette, évidemment, n'était point purgative.

Et quand, pendant 36 heures, Mathilde en attendit l'effet, ce fut vainement.

Mais, plus jamais elle ne remit les pieds dans la pâtisserie.

Elle n'y revint qu'avec ses parents, anxieuse en pensant à la note de ses gourmandises et pour la visite d'adieu qu'elle devait à l'oncle et au neveu.

Paul prétexta son deuil pour ne pas assister au mariage de Charles.

Le père Pierre crut devoir y paraître et, au retour, se borna à dire, que, dé-jà, les nouveaux mariés avaient pris le train pour Paris.

CHAPITRE IV

Sa nièce

Contre toute espérance et toutes les ap-parences les plus indiscutables, Paul s'était toujours plû à croire que le ma-riage de Charles et de Mathilde ne se réaliserait pas.

La justice immanente, pensait-il, au moyen d'un obstacle providentiel, s'op-poserait à la perpétration d'un acte qui

criait vengeance, qui devait déchaîner les pires représailles.

Mathilde était à lui, à lui exclusive-ment ; s'il lui avait rendu sa liberté, c'était contraint et forcé, sous la pres-sion irrésistible d'une contrainte morale qui enlevait toute valeur à sa décision.

Hélas ! rentrant de Caen, son oncle lui dit, dans une brièveté incisive :

— « Ils » se sont mariés ce matin et à 2 heures, ils prenaient le train de Paris. Ils m'ont, tous, chargé de leurs amitiés pour toi.

Ah ! oui, leurs amitiés. Il savait ce qu'en croire.

Une recrudescence de chagrin et de désespoir suivit donc l'annonce, pour-tant attendue, du mariage.

Heureusement, pour sa raison, qu'il trouva à ses maux, un dérivatif dans le travail manuel qu'il s'imposa.

Il fut un apprenti pâtissier zélé et in-fatigable.

Il était pâtissier.

Lui, Paul Célial, il en était là.

Il avait tout perdu même sa propre considération.

Eh bien, puisqu'il était pâtissier, il travaillerait et dur, sans relâche, en pen-sant le moins possible. Mais, il n'est pas de métier manuel si pénible qui ne lais-se à la pensée et à l'imagination toute son indépendance. Et plus Paul peinait du four au pétrin et à la boutique, plus il ressassait sa misère. Il s'en nourris-sait jusqu'à en mourir.

— Allons, ne penses plus ; travaille, pâtissier.

Et il ahanait sur la pâte. Il se rôtis-sait la figure à la flamme claire du four où le genêt sec se consumait en pétil-lant.

Ruiné, endetté, sans parler de ce que son labeur professionnel le retenait tou-te la journée chez son parrain, Paul ne pouvait plus demeurer dans la maison paternelle.

Il ne l'avait, du reste, qu'en location.

Or, à Crissol, les locations sont pour un an.

Mais, comme la propriétaire offrait de résilier, Nanette, Paul et le père Pierre résolurent d'accepter cette proposition.

Déjà l'oncle et le neveu s'étaient mis d'accord, depuis quelque temps, à ce su-jet.

— Tu retrouveras, ici, la propre cham-bre de ton père, disait le premier, mais je veux que tu prennes la mienne qui fut toujours celle du chef de la famille. Or, je résigne mon pouvoir entre tes mains.

— Jamais de la vie, parrain. Je préfère celle de papa.

— Je n'insiste pas. Mais je reviendrai à mon idée quand tu te marieras.

— Me marier. Il faudrait dire : me re-marier. Car, j'ai épousé Mathilde et n'aurais jamais d'autre femme.

Le père Pierre n'insista pas.

Dans sa jugeotte, ce gros chagrin fi-nirait bien, comme tous les chagrins du monde, par s'envoler sur les ailes du temps.

dessus la tête de celle-ci à Paul et à Pierre Célial.

Ce comité avait été formé, à la suite siasme régional et de la réclame gratuite que la presse algérienne faisait au projet, il avait su grouper autour de

Je te dégage. Rends-moi ma parole.

des articles de l'Avenir africain, par ce banquier d'Alger qui avait promis les fonds nécessaires à l'entreprise.

Battant le fer pendant qu'il était chaud, profitant du premier enthousiasme — lui des personnalités influentes et réunir un capital de quelques centaines de mille francs avec quoi on devait faire face aux dépenses et aux études préliminaires.

Comme il revenait à sa chaise, il eut la surprise extrême de s'entendre appeler.

— Hé, mais, si je ne me trompe, lui

Pierfeu, c'était un camarade de régiment.

Lui et Célial avaient passé ensemble trois années à la caserne ; ils y avaient

Sous ce costume professionnel, il avait fort bel air.

disait-on, voici le docteur Paul Célial. Comment va ?

Il n'eut pas une minute d'hésitation.

— Par exemple, M. Pierfeu.

— Que de cérémonie. Voulez-vous bien dire : Pierfeu, tout simplement.

contracté une de ses bonnes camaraderies que l'on croirait éternelle et qui, pourtant, n'empêchent point qu'on s'oublie dès qu'on est séparé.

Sauf, au reste, à échanger des tapes d'amitié quand on se retrouve.

— On en recausera à son retour, suggéra Planquet.

— Vous en parlez bien à votre aise, répartit le banquier.

— Hé ! mais, pensa Paul inconsciemment, est-ce que les fonds seraient bas ?

En vérité, la question ne se posait même pas, à ce moment tout au moins. Mais, d'ores et déjà, Berny pressentait l'énormité de l'effort qu'il aurait à faire pour mettre son entreprise sur un pied viable.

Au milieu de l'engouement régional que l'article de Planquet dans l'Avenir africain avait suscité, Berny avait pris une position qui lui semblait avantageuse. Même, il avait su en tirer sans difficulté les premiers capitaux nécessaires à l'établissement du projet.

Mais, des charges écrasantes s'étaient manifestées. L'argent sortait des caisses aussi vite qu'il y était entré.

Les devis de l'entreprise se chiffrait par des centaines de millions.

Berny parviendrait-il à les faire souscrire ?

Cette tâche eût bien diminué de poids si une maison, hautement cotée comme la banque Pierfeu, avait bien voulu s'y atteler.

Berny manquait de relations.

Pour avoir voulu se montrer trop exclusif au début, il demeurait seul quand des concours lui eussent été si nécessaires, presque indispensables.

— Ah ! ces femmes ! grinçait-il en lui-même.

Il pensait à ce que la sotte intervention de Mathilde lui faisait perdre.

Dans le fiacre qui les ramenait vers le Luxembourg, vers Suzanne, pensait Paul, lui, Mathilde et Charles ne parlaient guère.

Il demanda qu'on passât par la Bourse.

— Pourquoi, interrogea Mathilde.

— Une dépêche, répondit Paul évasivement.

La dépêche était pour parrain à qui le neveu voulait épargner même des minutes d'inquiétude et qu'il avait bien garde d'oublier dans sa bonne fortune.

Elle disait :

« J'ai gagné douze mille francs aux courses ; l'échéance Trême est assurée.

           « Paul ».

'Ah ! il n'avait pas économisé un mot.

Il était, certes, heureux de l'aubaine, mais, en pensant à la joie que sa dépêche mettrait sur le visage rasséréné du père Pierre, sa chance acquérait une valeur incalculable.

Un des rêves, dont la réalisation avait toujours été remise et jamais effectuée, un des rêves du père Pierre avait toujours été de remplacer les vitres de sa boutique par de belles glaces comme il y en a dans les grandes villes, de renouveler son comptoir et ses étagères, d'avoir une enseigne en marbre et surtout de belles boîtes imprimée spour sa spécialité de gâteaux.

— Je vais lui procurer tout cela, s'affirmait Paul. On ne doit pas capitaliser le produit du jeu.

Pas un moment, il n'eut la pensée de réserver son gain pour des études de médecine qu'il n'était pas trop tard de reprendre.

Comme, il l'avait dit à Pierfeu, toute ambition était morte en lui.

Il n'aspirait qu'à l'oubli.

Un croyant qui aurait enduré les supplices qu'un sort misérable lui avait infligés sans explicable raison aurait enterré ses jours dans un couvent.

D'autres, comme lui-même y avait songé, se seraient faits soldats.

L'armée est muette et disciplinée comme un cloître.

Dans les deux cas, on abdique toute indépendance, toute volonté, toute pensée.

Lui, conduite par la main paternelle de son oncle, s'était enfermé durement dans un travail manuel consenti avec résignation.

Il n'y avait pas trouvé, au moins de suite, la paix du moine ou du soldat, mais c'est qu'il avait conservé une bonne part de son indépendance.

Tout de même, il lui semblait meilleur de continuer l'existence végétative qui lui était échue et d'attendre.

Attendre quoi ? il n'eût su le dire.

Le moine, ni le soldat n'attendent plus rien.

Paul pensait encore.

C'est peut-être cette petite Suzanne qui m'a apporté du monde dont elle arrive, ce réconfort dont je profite depuis quelque temps. La chère mignonne.

La journée du lendemain fut consacrée à la gloire du gâteau du père Pierre.

Paul, en avait emporté une boîte. En cachette, tant il redoutait les moqueries de son entourage.

Lui-même à la fin d'un copieux repas chez Marguery, où l'avait entraîné son hôte, ne l'ouvrit pas sans une lancinante appréhension.

Il était tout pâle quand Bruisseur, ayant appelé le patron de la maison, qui circulait entre les tables, lui en fit goûter.

L'augure parisien croqua d'une dent autorisée le gâteau provincial, dégusta, y revint et rendit son oracle.

Paul ne respirait plus. A peine s'il entendit :

— Pas mal du tout. Un peu trop riche en arôme, seulement. Il suffirait d'une légère correction pour que ce soit parfait.

Il goûta encore.

— Oui, moins de fioriture et je vous en prends cinq cents boîtes.

Il avait prononcé, il salua et passa à d'autres tables.

— Hein ! constatait Bruisseur. Vous voilà renseigné et content. C'est une compétence, vous savez.

Et, entre les deux amis, Paul, désormais rassuré, la conversation continua. Elle durait encore, quand une heure plus tard, Bruisseur montrait, en détail, à Célial, ce qu'il appelait son usine de pâtisserie.

Un chef d'atelier, rétribué comme un préfet, goûta à son tour le gâteau, indi-

heureuse et émue, la vive satisfaction que lui avait valu son après-midi.

Mathilde ne put faire autrement que de s'en apercevoir.

Mathilde embrasse son ex-promis.

qu'une formule et décréta à son tour que l'œuvre du père Pierre était une vraie trouvaille.

L'instruction de Paul à la fin de cette journée était achevée. Son humble métier s'élargissait d'horizons nouveaux.

Quand il regagna les parages du Luxembourg, sa figure reflétait encore

— Ce que tu as l'air content, pâtissier, dit-elle.

— C'est vrai. Et ma nièce, a-t-elle été tranquille ?

— Ta nièce ! elle n'a cessé de crier.

— Peut-on dire, s'exclama la vieille Nanette, elle n'a pas dit ouf.

Charles fermait les malles.

On allait se séparer et peut-être pour longtemps.

Mathilde crut à propos d'autoriser ses jolis yeux à répandre quelques larmes parce qu'elle serait loin de sa fillette.

Larmes de crocodile. Il était par trop évident que cet éloignement était, par elle, délibérément voulu, qu'elle s'évitait avec empressement les exigences de la maternité, qu'elle tenait, par dessus tout, à sa liberté et à ses aises.

Suzanne constituait un embarras ; elle s'en délivrait en confiant la fillette à des mains plus dévouées.

Pourtant le grand Charles s'y laissait prendre.

— Pauvre petite, dit-il à Mathilde.

Ce fut sans écho.

Aussi bien, Mathilde estimant en avoir assez fait, séchait ses yeux des quatre pleurs qui en avaient roulé et retrouvait toute sa gaité pour causer des fêtes qu'on lui ménageait à Alger.

Le lendemain, à la même heure où elle, son mari et ses amis montaient, à la gare de Lyon, dans le luxueux wagon-salon qui leur était réservé, Paul, Nanette et Suzanne prenaient à la gare St-Lazare deux modestes secondes pour Crissol.

Dans le rapide qui l'emportait à toute vitesse et pour qu'elle touchât plus vite au but, Mathilde ne pensait qu'à son propre avenir.

Le souvenir de sa fille était déjà loin.

Sur la ligne de Cherbourg, Paul s'était emparé de sa nièce ; il la tenait sur ses genoux, pendant que la grand'mère s'endormait, il la caressait, lui parlait, l'embrassait.

— Je serai ton père et ta mère, lui disait-il sans prononcer un mot, je t'aimerai toujours, malgré tout et de toutes les forces de mon être.

Peut-être Suzanne comprit-elle, car elle eut à l'adresse de son oncle Paul un sourire divin, le premier qui eut encore fleuri sur ses lèvres de bébé.

Par ce sourire il s'estima trop payé de l'affection qu'il avait vouée à sa nièce.

Pensa-t-il aussi à la mère ?

Oui, mais à la Mathilde d'autrefois ; à celle qu'il perdit le jour le l'enterrement de son père, à qui il rendait le culte qu'on doit aux morts et qui était si différente de Mathilde Héloin.

A Crissol, sur le quai de la petite gare, parrain attendait ses voyageurs.

Paul fut reçu comme s'il rentrait d'un voyage autour du monde. Suzanne eut un accueil plein d'affection et au titre de nièce de filleul.

Quelques jours plus tard, M. et Mme Duchamp qui s'embarquaient pour l'Algérie où les influents amis de leur fille avaient obtenu pour le professeur un poste d'inspecteur des écoles, vinrent à Crissol embrasser leur petite fille.

Puis la vie reprit son cours normal. Un de ses chapitres était épuisé. Un autre recommençait.

CHAPITRE VI

Mon cher Président

Il va de soi que Paul ne fit pas attendre à son oncle le récit de la mémorable journée consacrée au gâteau du père Pierre.

Il dut même recommencer plusieurs fois son récit tant parrain était insatiable de l'entendre.

Tout yeux, tout oreilles il en prenait autant avec celles-ci qu'avec ceux-là.

De nom et de réputation il connaissait l'épicerie Bruisseur et le restaurant Marguery.

— Ainsi, demandait-il inlassablement, ils ont goûté le gâteau.

— Mais, oui, parrain, à diverses reprises.

— Vrai, ils en ont mangé plusieurs fois ? C'est qu'alors ils ne le trouvaient pas mauvais ?

— Ils le trouvaient même bon. Ils estimaient que c'était un gâteau d'avenir et qu'il convenait de l'exploiter.

En détails, Paul répétait sa conversation avec le fils du grand épicier parisien, l'intervention de Marguery et l'opinion émise par ce dernier que des modifications seraient utiles.

Cette légère restriction inquiétait le père Jean.

— Je le trouve pourtant bien bon comme il est.

— Moi aussi, parrain, mais il faut convenir que c'est pas pour nous seuls, pour toi et pour moi, que nous fabriquons ton gâteau. C'est pour tout le monde. Il faut donc qu'il soit au goût de tous.

— C'est juste, faisait le père Pierre.

— Quand il sera à point, Marguery en prend cent boîtes.

— En une seule fois ?

— Mais oui.

— Qu'en fera-t-il ?

— Il en servira à tous ses clients.

— Tu crois donc que ces Parisiens si difficiles, à qui on offre tant de bonnes choses accepteront de manger un petit gâteau de campagne ?

— Evidement puisqu'il leur plaira.

— Puis, cent boîtes, d'un seul coup, ça ne te semble pas beaucoup ?

— Mais non. Chez Marguery, on sert bien cinq cents repas par jour. Nos cent boîtes ne devraient pas durer longtemps.

— Ah ! mon petit Paul, c'est bien à toi que je devrai ce plaisir de voir mon gâteau sur les tables d'un des meilleurs restaurants du monde.

— A moi. Pourquoi pas, plutôt, à ma nièce. Si cette chérie n'était pas venue au monde, je n'aurai pas eu l'occasion d'aller à Paris.

Et les deux hommes allaient la voir, la mignonne, dans son dodo.

Pour qu'elle ne manquât de rien, ils avaient pris une petite bonne dont les fonctions consistaient uniquement, sous le contrôle de la grand'mère, à donner le biberon à Suzanne, à la changer et à la promener.

Pendant qu'il était encore à Paris, Paul avait acheté le livre du Dr Nitra intitulé : « Autour du Berceau », Livre d'or des mères, et il s'en inspirait religieusement pour que sa nièce fût élevée non pas suivant les modes désuettes et souvent dangereuses du passé, mais conformément aux principes de l'hygiène moderne d'après lesquels l'Angleterre peut exhiber des enfant si sains et si beaux.

Il se proposait même de communiquer l'ouvrage du Dr Nitra à toutes les mamans de Crissol.

Le Dr Barraud à qui il l'avait montré, l'avait chaleureusement approuvé.

Toujours d'après les préceptes d'Autour du Berceau, il avait ouvert pour sa nièce un cahier particulier où chaque jour il inscrivait son poids, ses petits malaises, ses cris, ses sourires.

Quand Suzanne vint chez son oncle elle ne pesait que 3 kil. 920 et mesurait 53 cent. de hauteur. Tout cela fut inscrit.

Quand quelques jours plus tard, Paul ayant été la voir avec une lampe, Suzanne regarda curieusement la lumière et se prit à lui rire, ce puéril détail eut l'honneur d'une citation immédiate.

Naturellement, le père Pierre partageait l'amour que Paul éprouvait pour sa nièce.

Le brave homme nageait dans la joie la plus pure. Qu'il fût ruiné par la faillite Max et privé de toutes ses économies, il y avait longtemps qu'il n'y pensait plus.

Dès le retour de Paul il avait, le cœur gonflé de satisfaction, remboursé, plus d'un mois avant l'échéance, ce qu'il devait à Me Trême en capital et intérêts.

Un miroitier de Rouen avait posé des glaces et une enseigne en marbre à sa boutique. La devanture avait été repeinte, les murs recrépits et à l'intérieur on avait remplacé le vieux matériel par un ameublement des plus coquets qui inspirait aux clients une haute opinion de la pâtisserie.

Par dessus tout, Paul était heureux. Que fallait-il de plus au père Pierre ?

L'oncle et le neveu, entre les visites au berceau de la nièce et le travail quotidien qu'ils effectuaient en causant gaiement, consacraient leurs loisirs aux perfectionnement du gâteau.

Tous les jours, sans se lasser, sans même s'impatienter, on en préparait une ou deux douzaines suivant des formules variées et soigneusement inscrites.

On les faisait goûter aux pratiques jugées les plus délicates.

On en expédiait à Bruisseur, tant pour lui que pour les siens et pour Marguery.

Cette méthode sévère et judicieuse améliorait rapidement le gâteau. Paul et même son oncle s'en apercevaient.

Autre symptôme de progrès. La clientèle qui n'était pas dans le secret, ne manqua pas reconnaître ces efforts et de demander un gâteau que jusqu'alors elle

ne prenait que sur les instances de Pierre Célial.

Il n'y eut plus de thé à Crissol sans une assiette de ce délicat biscuit.

On en parla.

Le gâteau se fit une réputation, et une réputation excellente.

Le père Pierre n'aurait bien parlé que de son produit.

— Quel nom, va-t-on lui donner ? demanda-t-il.

Un jour Paul répondit :

— Pourquoi ne le nommerait-on pas le Gerfaut ?

— Fameux, se récria l'oncle, qui, d'ailleurs, eût accueilli avec le même enthousiasme, tout autre nom qu'eût proposé filleul.

— J'en ai connu, dans mon temps, des gerfauts, ajouta-t-il. C'est des bêtes fières et de belle prestance.

— Ton gâteau, parrain, fait belle figure, lui aussi. Puis, nous devons bien, n'est-ce pas quelque reconnaissance au vaillant petit cheval qui nous a valu la tranquillité et l'aisance, qui nous a donné les loisirs de perfectionner ton gâteau.

— C'est vrai, tu penses à tout, filleul.

En conséquence, un beau jour Paul fut à Pont-l'Evêque pour déposer la marque choisie d'accord avec son oncle.

A cette fin, il passa chez un imprimeur qui lui confectionna un cliché et lui remit avec trois épreuves aux dimensions voulues. Muni de ces accessoires, Paul se rendit au greffe du Tribunal de commerce et on y dressa procès-verbal de dépôt de sa marque.

Le même imprimeur lui confectionna quelques petites affiches sur beau carton glacé où on lisait :

LE GERFAUT
Gâteau fin
Dessert préféré des gourmets

Dans le coin un Gerfaut héraldique, la mine hautaine, attestait la véracité des assertions de l'affiche.

Le jour où cette affiche figura dans les vitrines de sa pâtisserie fut, par Pierre Célial, marqué d'une pierre blanche. Il connut l'orgueil.

Cependant, il voulait encore plus.

— Maintenant, il va falloir songer à des boîtes. Puis M. Bruisseur t'a promis un dessin.

— Oui, mais il faut que le Gerfaut soit à l'abri de toute critique. Continuons encore nos essais jusqu'à la perfection.

— Continuons, acquiesça l'oncle que ce travail, qui, à d'autres, eût paru fastidieux, ne lassait jamais et qui avait le bon esprit de ne pas vouloir se contenter d'un résultat approximatif.

Donc on continua.

Les essais durèrent plus de trois mois. Mais, aussi, un jour vint où Marguery fit savoir par l'intermédiaire de Bruisseur que le Gerfaut était à son gré et qu'il était tout disposé à en commander 500 boîtes, dès qu'on voudrait

Le père Pierre regarda le chiffre.

— Il y a bien 500, fit-il. Autrefois, il m'eût fallu plus d'un an pour les vendre.

Le dessin avait été livré. Dans un décor sobrement moyennageux, un page qui ressemblait terriblement au jockey du Grand Prix de Paris et qui en portait les couleurs montait un superbe cheval qui était bel et bien le frère généreux de Cendrillon, et tenait sur son poing un Gerfaut altier.

Dans le prolongement de son nez, on lisait une reproduction de l'affiche :

Le Gerfaut

Gâteau fin

Dessert préféré des gourmets

Un cartonnier de Paris, avait, de son côté, expédié un millier de boîtes dont le couvercle était orné du dessin ci-dessus.

Chacune pouvait enfermer côte à côte trente Gerfauts.

Décidément, le monde est bien meilleur qu'on ne le dit et qu'on ne le croit.

Tout Crissol partagea l'enivrement du père Pierre et dès leur arrivée, la moitié des superbes parisiennes, pleines de Gerfauts délicats, fut achetée d'enthousiasme.

Ce jour-là, débordant d'une satisfaction qu'il ne cherchait même pas à cacher, qu'il n'aurait jamais pu contenir, le père Pierre paya du champagne à qui en voulut.

Il en aurait même bien fait boire à sa nièce. Oh ! une goutte, est-ce que Henri IV... ?

Paul dut intervenir.

Suzanne était, à cette époque, une belle petite fillette qui pesait plus de cinq kilos, qui se tenait assise dans une chaise, la tête bien droite et avait toute sa connaissance.

Hélas ! ce succès fut sans lendemain.

Instabilité des choses humaines.

Faillite des promesses les plus sérieuses.

Roche tarpéienne et Capitole.

Les cinq cents boîtes destinées au grand restaurant Marguery ne devaient pas y entrer.

Sur les entrefaites cet excellent homme de Marguery était mort et son successeur qui annonça cette mauvaise nouvelle à Pierre en réponse à une lettre où ce dernier se déclarait prêt à exécuter la commande, ajoutait qu'il ne jugeait pas les circonstances propices pour passer un ordre. Il verrait plus tard.

Le même jour, Bruisseur écrivait lui aussi.

Il informait que Pierfeu était malade en Suède, qu'il allait le rejoindre et ne reviendrait à Paris qu'avec son ami.

Ce retour qui, somme toute, paraissait prochain, devait se faire attendre plus de trois mois.

La maladie de Pierfeu, d'ailleurs sans gravité, se poursuivit plus longtemps qu'on ne le supposait, puis, la convalescence terminée sur place, les deux amis décidaient de ne rentrer en France que par la Russie, Constantinople, la Grèce et l'Italie.

Le père Pierre était attéré.

Paul, au contraire, bien résolu à lutter, n'eut pas un moment de dépression.

Il se sentait en pleine force, son activité était sans pareille, sa lucidité admirable. Il appelait les obstacles pour en triompher.

Son cerveau ardent, rempli des enseignements de Bruisseur, lui dictait la conduite qu'il devait suivre.

Sans s'inquiéter de la double déception qui survenait au lendemain d'un jour de victoire, il se mit à l'œuvre.

Sur une pâte autographique il écrivit des lettres aux placiers qui visitaient les maisons d'alimentation de la région et demanda leur concours.

Il fit imprimer des affiches d'intérieur, commanda des boîtes qu'il ne voulait employer que très sèches et, déjà, encore que modestement, modifia et améliora son matériel.

Il voulait être prêt à livrer à bref délai, un millier de boîtes de Gerfauts par mois.

— Mille boîtes par mois, s'étonnait parrain ; nous n'y suffirons jamais.

— Il le faudra cependant.

Une jeune fille fut embauchée rien que pour les Gerfauts et s'y consacra exclusivement.

De même, il fallut prendre un ouvrier qui remplaçait ce Robert dont nous parlâmes au début de cette histoire.

Pierre Célial surveillait le fournil.

Paul organisait.

Sa patience fut mise à de rudes épreuves.

Parmi tous les placiers qui répondaient à ses sollicitaions, il n'y en eut qu'un tout petit nombre qui rendirent des services effectifs.

Puis, que de commerçants, hostiles sans raison à tout ce qui est nouveau, se refusèrent obstinément à ouvrir leur porte au Gerfaut !

Quelques annonces, que Paul risqua dans les journaux de la contrée sur les instances de courtiers intéressés et prometteurs sans scrupule, ne rapportèrent absolument rien.

Que de fois, le front de Pierre Célial, ce front qui avait rayonné de bonheur quand les Gerfauts prirent leur vol, s'embrunit.

Ce fut au tour de Paul de réconforter parrain.

Or, il trouvait en lui des trésors inépuisables de courage et de persévérance. Même, quand la fatigue menaçait de le gagner, il savait bien appliquer un remède souverain :

Il s'approchait de sa nièce, baisait ses menottes aux doigts si fuselés, son front d'ivoire, ses joues ; il en recevait un bon sourire de chérubin et se remettait à son ingrate besogne.

Au fait, pourquoi ingrate ?

Le succès ne saurait jamais être immédiat.

Comme on ne cessait d'en parler, les Gerfauts finiraient tout de même par être conus. Qui les connaissait et les goûtait, les appréciait. C'était un client gagné.

Sur ces entrefaites du nouveau surgit.

Tous les ans, comme chaque localité qui se respecte, Crissol célèbre sa fête patronale qui tombe le premier dimanche d'août.

En cette année de grâce 1906 où se situent les événements que nous racontons, le premier juin amena, comme par la main, à la mairie de Crissol, les même quarante ou cinquante dévoués qui perpétuaient la tradition.

Par une habitude vieille au moins de quarante ans, jamais Pierre Célial ne manquait cette cérémonie où, au surplus, il n'ouvrait pas la bouche.

Il accomplissait un rite.

Donc, ce premier juin 1906, après son dîner, lecture faite du « Petit Journal » dont il prenait seulement connaissance dans la soirée, il saisit son chapeau et prit la porte pour se rendre à la mairie.

La main sur la poignée, il se retourna, non sans une hésitation, avec cette hésitation que provoque la conviction d'un refus.

— Viens-tu filleul, fit-il.

— Non, parrain ; je tiendrai compagnie à ma nièce.

A la vérité, dans la journée était venue une longue lettre d'Alger et ces messagères le troublaient toujours.

Mathilde parlait d'elle, encore d'elle et uniquement d'elle. Il est vrai qu'elle y rapportait tous les événements qui concernaient son existence.

Par elle, Paul savait l'accueil enthousiaste par quoi tout Alger avait salué sa venue sur la terre africaine où elle apportait dans ses mains finement gantées de Suède, une ligne de chemin de fer d'environ quinze cents kilomètres qui devait faire de la blanche cité des plus riches métropoles du monde.

Ces promesses valaient bien une ovation.

Cette ovation, pour qui était-elle ?

Pour Charles Héloin, auteur du projet, pour Planquet et Gallois qui le firent connaître, pour Berny qui le mettait sur pied ? Que non. Elle était pour Mathilde.

C'est à Mathilde, à la seule Mathilde qu'on avait donné cette jolie villa qui se dressait sur les hauteurs de Mustapha au milieu d'un jardin où fleurissaient des orangers.

Pour elle, ces négresses et ces négrillons s'activaient dans la mesure de leur possible.

Oui, tout cela était à elle, puisque, dans ses lettres il n'était question que d'elle seule.

Fêtes administratives, réceptions dans les meilleurs salons d'Alger, excursions dans les alentours, tout cela était pour elle.

Pour elle encore les dix-huit mille francs d'appointement, en attendant mieux, dont on avait doté Charles. Si bien à elle que elle seule les employait, n'en ayant pas assez pour sa belle-mère qui devait, avec sa rente viagère de cent francs par mois, subvenir à ses propres besoins et entretenir Suzanne.

Elle s'en excusait cavalièrement.

Dans sa lettre du jour elle annonçait que Charles et les ingénieurs partaient pour l'extrême limite sud de l'Algérie.

La petite caravane allait s'enfoncer dans le désert aussi loin que possible et y séjourner plusieurs mois afin d'y étudier sur place l'établissement de la future ligne.

A cet endroit, Mathilde ne trouvait dans son encrier qu'un mot pour dire que la mission, en raison de la chaleur qui régnait en cette saison au désert, était très dangereuse.

Mais, ajoutait-elle, il faut bien « amorcer ».

Le mot, d'après Mathilde, était de Berny.

Le banquier répétait que le public se montrait impatient des retards mis à commencer les travaux.

Depuis vingt mois on n'avait fait que noircir du papier. Pas le moindre coup de pioche n'avait été donné.

Que faisait-on de l'argent souscrit ?

A quoi servait-il ?

A continuer ces errements, on ne trouverait plus un sou à l'avenir.

Pour éviter cette catastrophe, déclarait le banquier, il fallait amorcer. Par là, il entendait installer un premier chantier ; poser un premier rail, malgré les chaleurs torrides de l'été.

Charles devait se dévouer pour l'œuvre qu'il avait préconisée. Son départ pour le sud produisait un excellent effet.

— Je vais me trouver bien seule, achevait Mathilde qui en revenait tout naturellement à parler de son intéressante personne.

— Dans ce cas, commentait le père Pierre, qui jusqu'alors avait écouté sans mot dire la lecture de cette longue lettre ; dans ce cas pourquoi ne profiterait-elle pas de ces circonstances pour venir voir sa fille.

— Surtout, ajoutait Paul, que Suzanne est si gentille.

Le chat qui jouait avec un bouchon de papier la faisait rire aux éclats.

Dans sa voiture, elle se tenait fort bien assise.

Elle avait voulu goûter au beurre ; même au pain.

Souvent il fallait se cacher d'elle quand on mangeait, car elle désirait partager la nourriture des grandes personnes.

— Ah ! parrain, voici la réponse à la question. En post-scriptum, Mathilde expliquait qu'elle avait longuement pensé à sa fille, qu'il lui tardait beaucoup de la voir, qu'elle désirait follement aller à Crissol pour l'embrasser, mais que, décidément, elle devait se refuser ce

— Bonjour, M. Célial, fit le dégustateur avec empressement, mais la bouche encore pleine, je suis venu pour une commande...

— Vingt boîtes de Gerfaut, interrompit l'oncle avec componction.

— J'ai, en ce moment de nombreux amis chez moi et tous me réclament à cor et à cris votre spécialité.

— Ils sont mille fois trop aimables, crut devoir dire Paul.

— Ils sont tout simplement appréciateurs des bonnes choses. Mais, continua cet excellent client, j'eus été infiniment contrarié de partir sans avoir fait votre connaissance.

— Tu dois connaître monsieur, intervint Pierre Célial.

— De vue, dit Paul, de vue et de réputation. Je sais que vous êtes l'auteur d'un gracieux poème dont l'instituteur me parlait jeudi dernier.

— Halte-là ! vous allez me prendre par mon faible et je dirai des bêtises dont, ensuite, je serai contraint de rougir.

Ce digne homme, qui répondait au nom de Grantil, était d'une vieille famille de Crissol.

A trois kilomètres de la ville, il habitait et exploitait la propriété des Jaulnayes.

Sans avoir eu à se donner nul mal, divers héritages l'avaient fait riche.

Son instruction avait été parfaitement soignée dans le meilleur collège de Rouen.

Au mieux avec tout le monde, recevant largement ses nombreux amis, il ne se connaissait qu'un seul défaut : un besoin, d'ailleurs, intermittent, de rimer des petites pièces aux vers faciles.

Et son bonheur eût été à son comble s'il eût obtenu, ce qu'un fils de ministre octroya bonnement à son cordon bleu qui ne portait même pas des bas de cette couleur, mais dont les yeux en étaient pleins, les palmes académiques.

— J'ai aussi appris, continuait l'aimable M. Grantil — Edmond, pour les dames — car l'histoire en est allée beaucoup plus loin encore que les Jaulnayes, que la population de Crissol, bien inspirée ma foi, vous a élu président du Comité des fêtes.

Paul s'inclina.

— On assure que vous allez nous organiser un programme inédit. Or...

Des clients entraient et sortaient qui gênaient la conversation.

— Voulez-vous monter à mon bureau, proposa Paul, nous y causerons plus facilement ?

— Volontiers.

— J'emporte la boîte, M. Pierre, observa Edmond Grantil en s'adressant cette fois à l'oncle qui s'occupait d'un autre côté.

La phrase commencée au rez-de-chaussée parmi les allées et venues s'acheva au premier étage dans une commode intimité.

— ...J'ai une idée.

Une série de points suspensifs dans cette bouche aussi disserte que délicate permit à Paul d'encourager son interlocuteur, notre jeune homme n'étant point de ces sots personnages qui, à priori, se refusent à prendre contact avec les idées d'autrui.

Au contraire, il professait, avec une haute intelligence, qu'il y a tout profit à savoir écouter.

— Je suis sûr qu'elle est excellente. Dites-la moi, fit-il.

— Je serais le plus heureux des hommes, continua donc Edmond Grantil, si je parvenais à vous convaincre. Il m'a semblé qu'il pourrait être intéressant, si vous modifiez le programme puéril et vieillot de la fête patronale, de remplacer ses réjouissances triviales par autre chose, par exemple, par une cavalcade...

— Excellent, en effet, mais peut-être cher...

— Cela ne vous coûtera rien...

— En ce cas, il n'y aurait aucune raison de ne pas accepter votre projet. Maintenant en quoi consisterait cette cavalcade ?

— Tout à l'heure vous avez bien voulu rappeler que j'avais commis l'incongruité d'écrire un vilain petit poème sur une de nos plus gracieuses traditions locales...

— L'instituteur, affirma Paul, m'en a dit le plus grand bien.

— A moi aussi, répliqua Grantil en riant, mais cela ne prouve rien.

Au reste, le voici, le corps du délit, veuillez en accepter un exemplaire, prenez la peine de le lire et vous vous ferez à son sujet une opinion personnelle.

En même temps il tendait à Paul un petit opuscule soigneusement présenté. Sur sa couverture d'une tonalité délicate, un titre en camaïeu, portait :

LA MAIN GAUCHE

Poème légendaire

par

Edmond Grantil

— Je vous promets de le lire aujourd'hui même.

— Merci. Si le projet vous convient vous me ferez le plus vif plaisir que j'aurais jamais ressenti en l'utilisant pour une cavalcade.

— Vous me disiez il y a une minute que cela ne coûterait rien. Comment ?

— Je prends tous les frais à ma charge.

C'était trop beau. Paul ne disait mot.

— Naturellement, proféra-t-il, votre projet est désintéressé... aucune idée de... de...

— Je vous le jure et je vous offre toutes preuves...

— N'insistons pas ; votre parole me suffit.

Une bonne poignée de main de Grantil remercia Paul de cette flatteuse assortion.

— Donc, je prends tous les frais de cette cavalcade. Je me charge même de la préparation, de la répétition. Dans mes relations — vous savez qu'elles sont nombreuses, et, à Crissol, parmi les personnes de bonne volonté, je recruterai tous les figurants dont j'aurai besoin.

— Il en faut beaucoup pour qu'une cavalcade soit réellement intéressante.

— Une centaine au moins.

— Même avec moins les plus difficiles eussent été contents.

— Roi, reines, dames, seigneurs, tous à cheval ; une fanfare, des hommes d'armes en costume de l'époque, un évêque... doré sur tranches.

— Le budget des Jaulnayes va s'en ressentir.

— Tant pis pour lui. Il sera à l'honneur, qu'il soit donc à la peine.

— Vous avez réponse à tout. Je vais vous demander une dernière chose....

— Tout ce que vous voudrez.

— Venez à la prochaine séance du comité. Nous y exposerons votre projet. Il est accepté d'avance. Ce sera pour mardi soir. Préparez une note détaillée.

Edmond Grantil était rayonnant.

— Entendu, fit-il.

Suivi de Paul, il redescendit dans la pâtisserie d'où Pierre Célial était absent, regagna sa voiture et d'un fouet tapageur s'élança vers les Jaulnayes.

Paul retourna près de sa nièce qui prenait son biberon. On y avait délayé un jaune d'œuf et la petite gourmande s'en délectait.

Assis près de l'enfant, il ouvrit « La Main Gauche », en découpa soigneusement les pages — il n'est rien qu'on ne doive faire négligemment — et lut.

Ce n'était pas un chef-d'œuvre de versification, mais c'était intéressant.

CHAPITRE VIII

La Main Gauche

Le vieux château de Crissol, dont les ruines imposantes couvrent encore quatre hectares de terrain entre la Vive et la forêt, fut dès le dixième siècle la propriété des seigneurs de Crissol.

Honoré IV, vicomte de Crissol, fut un des meilleurs serviteurs de Louis XII : il suivit le Père du peuple dans toutes ses guerres et ensuite s'attacha, avec le même zèle à François Ier.

Entre deux expéditions, il vivait tant à Crisosl que dans son hôtel, à Paris qui était voisin des Tournelles.

Sa femme était morte depuis longtemps lui laissant un fils Fulgent qui perpétuerait le nom du Crissol et une fille Gilberte dont la beauté était célèbre à la ville comme aux champs.

Fulgent était un turbulent jeune homme qui justifiait la devise : « Je crie seul », inscrite sur le blason des Crissol qui était d'argent à la bande de sable chargé de trois croissants du champ.

Quand il était quelque part, au combat ou dans un salon, on n'entendait que lui et il était toujours disposé à bouter dehors quiconque le contredisait.

Le roi François qui était, comme chacun le sait, un vert galant autant que le plus bel homme du royaume entendit parler de la beauté de Gilberte.

— Hé quoi, mon cousin, dit-il au vicomte de Crissol, seriez-vous de la famille des sires de Barbe-bleue.

— J'ignore où veut en venir Votre Majesté.

— A ceci que vous semblez séquestrer dans votre hôtel, en la personne de demoiselle Gilberte, une des plus belles filles de Franc.

— Ma fille est si jeune.

— Beauté vaut émancipation. Que diriez-vous, Crissol, si je vous priais de l'amener en notre Louvre ?

— Je dirai que les désirs de mon roi sont pour moi des ordres et j'obéirai.

Ce fut dans ces conditions que Gilberte fit son entrée à la Cour. C'était l'écrin sans rival au monde, où toutes les beautés de la terre brillaient de leur vif éclat.

Dire que Gilberte l'emportait sur toutes les autres, ce serait exagéré, mais à sa beauté remarquable s'alliaient la jeunesse, une pureté qui l'émouvait et un port de nymphe qui la classèrent tout de suite parmi les dames les plus admirées.

La reine-mère se l'attacha incontinent.

François Ier n'eût pas été le séducteur dont parle notre histoire nationale s'il n'eût pas bientôt essayé de se concilier les faveurs de la splendide jeune fille.

Elle était sur ses gardes.

Elle ne lutta pas, sachant d'avance qu'elle ne serait pas la plus forte, mais l'inexpérience de ses dix-huit printemps lui dicta la meilleure conduite qu'il y eût lieu de tenir en pareille occurrence. Elle feignit de ne point comprendre et, au surplus, sut éviter de se trouver seule avec le roi.

De loin, Honoré IV et Fulgent veillaient.

Quand ils voyaient les grands yeux candides et frais de Gilberte demeurer impassibles sous le feu des galanteries royales, ils ne pouvaient s'empêcher, eux, de sourire et d'admirer une si noble contenance.

Pavie sauva la vertu de Gilberte.

Mais quand les prisons de Madrid eurent ouvert leurs portes et que François Ier eut regagné sa bonne ville de Paris, ce fut avec un appétit de jouissance qu'expliquaient deux années d'abstinence.

Sa maturité voulut des fruits verts et ayant revu Gilberte il la désira plus âprement que par le passé.

Parmi les courtisans il s'en serait trouvé plus d'un qui n'eût pas été fâché de voir sa fille ou sa femme s'aventurer dans l'alcôve du puissant et généreux roi de France. L'histoire a enregistré de ces abdications.

Mais, voilà, ni Honoré IV ni Fulgent n'admettaient de compromissions et quand François Ier, plus pressant chaque

— Songez, sire, qu'avec Fulgence s'éteindrait une race qui a toujours fourni au roi de France des serviteurs dévoués.

— Taisez-vous, l'évêque, dit doucement François. Il n'y a qu'un juge, c'est moi.

— Pardon, sire, il y a Dieu.

— Il y a aussi la conscience publique, ajouta Honoré IV.

Cette réflexion nous paraîtra surprenante. Elle venait deux cent cinquante ans trop tôt si nous en croyons l'histoire.

Elle irrita profondément le roi, qui d'un geste violent, lâchant un des coussins où s'allongeaient ses pieds, esquissa le geste de se lever.

Triboulet sauva encore la situation et de sa voix nazillarde, répéta :

— La tête ou la main.

— Ce sera la tête, sire, fit Fulgence qui s'avança. Elle est à vous.

Son père et son oncle étaient à genoux et embrassaient, suppliants, les pieds du roi.

— Sire le roi, faisait Honoré IV, avant que vos soldats n'aient emmené mon fils hors de cette salle, je jure Dieu que je me serai tué sous vos yeux.

— Qu'on fasse venir mes soldats, se borna à dire François.

— Je veux voir la sœur, beuglait Triboulet.

— La voici, la voici, fit-on.

En effet, à un des bouts de la salle, une porte venait de s'ouvrir.

Exsangue, plus morte que vive, soutenue par sa nourrice qui, elle-même, était terrifiée, Gilberte s'avançait, d'un pas saccadé, vers le roi.

Devant lui, elle s'arrêta.

Le cœur lui défaillit.

Des longues manches, comme on en portait à cette époque, elle sortit péniblemnt sa main droite et, d'une fine baptiste, elle épongea son front où perlait une sueur froide.

— Sire, balbutia-t-elle, vous avez demandé ou la tête du frère ou la main de la sœur. Est-ce bien cela ?

D'un signe le roi acquiesça.

— C'est bien cela, répondit Triboulet ; mais ignore-t-on en Normandie qu'on ne questionne pas le roi.

Sans daigner faire attention au fou, Gilberte reprenait.

— Laissez à mon frère une vie qu'il vous consacrera quand même ; en échange vous aurez ma main.

— Malheureuse, hurla son père.

— Tu seras maudite, rugit l'oncle qui levait sur sa nièce deux doigts réunis sacerdotalement en même temps qu'il lui opposait sa crosse agressive.

— Gilberte, je te tuerai, s'écriait Fulgence que des soldats empoignaient.

François souriait.

Triboulet éprouvait encore le besoin de parler.

— Par la vie du roi, jurait-il, cette belle personne n'est pas plus folle que moi.

Et s'adressant directement à la jeune fille :

— Donnez-moi votre main gauche, ô ma reine, que je la présente au roi que Bayard arma chevalier.

De son air le plus cérémonieusement galant, il s'avança vers Gilberte et lui tendit la main.

Ce qui se passa alors arracha à l'assistance un cri de stupéfaction et d'horreur.

Gilberte avait relevé sa manche gauche.

Son bras, dans des linges sanglants, apparut coupé au poignet.

Inerte la main gauche pendait.

Elle la prit et la posa dans celle que lui tendait Triboulet.

Le fou, au contact de cette chair froide, se déroba instinctivement et la main gauche tomba sur ce coussin où tout à l'heure, François Ier reposait ses pieds chaussés de poulaines.

Saisi d'un pitié trop tardive, il s'était levé.

— Qui aurait pu supposer cela, fit-il aux dames qui l'entouraient.

Son inconscience ne lui avait dicté que ces paroles.

Cependant, à bout de forces, Gilberte tombait évanouie entre les bras de son père.

— Secourez-la, maître Ambroise Paré, ordonnait François à son médecin. Et vous de même, messire François Rabelais.

Du milieu des courtisans, sortit un tout jeune homme. Le plus célèbre chirurgien du temps n'avait guère que vingt-deux ans à l'heure où ces faits se passaient.

Le curé de Meudon l'accompagnait.

Ambroise Paré fit transporter Gilberte sur son lit et, ne pouvant davantage, entreprit de refaire un pansement qui empêchât la contagion.

Du sang coulait encore par l'affreuse blessure.

Voici ce qui s'était passé.

Dans une salle voisine de celle où se tenait la cour, Gilberte attendait que son sort fût décidé.

Des femmes se relayaient pour la tenir au courant de ce que disait François Ier.

Quand on lui eut appris que son frère allait être enchaîné et mis à mort et que son père menaçait de se tuer, elle écarta toutes se femmes, ne retenant auprès d'elle que sa nourrice.

Sur ses indications et sans lui expliquer son but, elle se fit faire au poignet gauche une double ligature au moyen de deux cordes de chanvre qui lui sciaient les chairs.

Entre ces deux ligatures, il y avait un espace de sept ou huit centimètres.

Pendant que pour exécuter un ordre quelconque, la nourrice tournait le dos, Gilberte saisit une hachette qu'elle avait dissimulée et, dans un hurlement d'atroce douleur, elle se coupait le poignet.

Toute autre que la vaillante fille des Crissol fut tombée évanouie.

La souffrance qui lui avait arraché un cri si naturel la laissa debout.

Aidée de sa nourrice épouvantée et affolée, elle se pansa sommairement, étan-

...ha le sang qui s'écoulait goutte à goutte de sa main, s'attacha celle-ci au bras et, comme nous l'avons vu, s'en fut vers le roi.

De la main gauche qu'elle livrait au monarque tout puissant elle rachetait la tête d'un innocent qui était son frère et conservait la vie de son père.

Ambroise Paré n'avait pas, alors, le choix des moyens.

Il fit chauffer au blanc son propre poignard qui pendait à sa ceinture et l'appliquant sur le poignet de Gilberte cautérisa la plaie.

Cette plaie, il l'avait longuement considérée pendant que le fer était sur les charbons ardents.

Il réfléchissait.

Puis on l'entendit qui murmurait :

— Cette cautérisation est barbare. Il y aurait mieux à faire. Quoi ? Ah ! si on pouvait ligotter chacun de ces petits vaisseaux artériels par où coule le sang. Oui, si on le pouvait.

On sait que quelques années plus tard, il y parvenait.

Le sacrifice de Gilbert devait, sans qu'elle s'en soye jamais rendu compte, faire faire aux opérations chirurgicales un pas considérable.

Quand il en eut terminé avec sa cliente accidentelle, maître Ambroise Paré revint vers le roi qu'il mit au courant.

Déjà François était remonté sur son cheval, la cour l'imitait et dans un grand tumulte, tout ce monde richement chamarré quittait le vieux château de Crissol. Les lourdes portes s'en refermaient comme sur un tombeau.

Là-dessus, de même, Paul refermait l'élégant opuscule, dont la couverture d'une teinte délicate portait un titre en camaïeu.

— C'est très dramatique, conclut-il. Reste à savoir comment l'auteur en tirera sa cavalcade.

Il le sut le mardi suivant.

CHAPITRE IX

On fait la fête

Le comité, pour n'être pas dérangé, siégeait à huis clos.

Paul, que M. Grantil était venu prendre à la pâtisserie, présenta à ses collègues l'auteur de la Main Gauche et pria, ce qui fut admis sans contestation, qu'il fût admis dans le Comité.

Au reste, on était impatient de savoir si Paul Celial avait trouvé quelque chose de vraiment intéressant. Tout Crissol, aux écoutes, partageait cette impatience.

Qu'allait-on avoir ?

— D'abord, proposa Paul, une cavalcade...

Ce ne fut qu'un cri d'admiration. Crissol allait avoir une cavalcade. Comme une grande ville. Et ce ne serait pas tout.

En effet, après avoir exposé le sujet de la cavalcade, Paul prit un temps, absolument comme un artiste et reprit :

— J'arrive maintenant à une pièce capitale de notre programme.

Tout le monde était suspendu à ses lèvres.

Quand il eut exposé en détail son projet de concours nautique, il y eut un tonnerre d'applaudissements. On les entendit de la place où les Crissolois curieux attendaient la fin de la séance.

Ce devait être bien beau ce que proposait le président pour que le Comité manifestât une si éclatante satisfaction.

A vrai dire quand Paul Celial calcula les sommes qu'exigeait le concours et qui, d'après lui, devraient atteindre deux mille francs, il y eut bien quelque appréhension. Mais, on avait eu si vite fait de boucler le budget de la cavalcade que celui du concours passa comme une muscade.

Comme l'adjoint au maire faisait partie du comité, Paul lui demanda :

— Ne pourrait-on prier le conseil municipal de nous voter une subvention.

— Il s'y est constamment refusé, répondit l'adjoint, mais jamais on ne nous avait soumis un programme comme le vôtre. Parlez-en au maire, s'il nous propose la subvention je l'appuyerai chaleureusement.

Sur ce on se sépara.

Chacun, d'ailleurs, avait hâte de mettre au courant les amis qui attendaient sur la place.

Quand on connut le menu de la fête, ce fut par tout Crissol un concert d'éloges sans fin.

— Avec un peu de chance, répétait-on, nous aurons des milliers et des milliers de visiteurs.

Déjà, les commerçants alléchés par ces pronostics, parlaient de faire des provisions.

Dès le lendemain, autre victoire. Courageusement Paul avait entrepris l'assaut du maire, l'avait enlevé de haute lutte et en avait obtenu les cinq cents francs inespérés.

Et sa campagne continuait.

Il demandait une subvention au Conseil général qui s'engouait à son tour pour le concours projeté, lui allouait mille francs et déléguait un conseiller pour assister à la fête et en dresser un rapport.

Ce conseiller était un charmant homme. A la demande que Paul lui adressait, il se faisait fort d'obtenir pour M. Grantil les palmes académiques qu'enviait notre auteur.

On se doute bien que le temps de Paul, partagé entre sa nièce, les Gerfauts dont la vente augmentait chaque jour et sa fête, était totalement employé.

Il ne lui restait guère de loisir pour penser à Mathilde. Le chagrin qu'elle lui avait causé disparaissait.

Une fois ou deux par mois, il fallait cependant bien, secrétaire de la vieille Nanette, écrire à Alger.

Pour cela, Paul prenait le grossier papier à lettre du père Pierre et le noircissait à destination de Mathilde. Jamais il ne parlait de lui, ni de ce qu'il faisait. Dans ces lettres, il n'était question que de Suzanne, de ses progrès, de ses petites indispositions, de son poids, de sa taille. D'ailleurs, sur ce sujet, Paul aurait écrit un volume sans se lasser.

De sa nièce il passait à sa fête, à sa ville. Il y avait tant de choses à faire

Qu'est-ce que c'était que cent affiches. J'en veux mille, déclara Paul. Qu'on en voye dans toutes les localités, à trente lieues à la ronde.

Il y avait encore la presse.

La subvention du Conseil général avait fait du bruit. On s'inquiéta du concours nautique que proposait Crissol, on le discuta et on y applaudit. Diverses suggestions furent émises dont Paul fit

Viens-tu, filleul ?

pour que rien ne clochât. Encore que M. Grantil s'occupât avec succès de la cavalcade, il s'en préoccupait tout de même. De ce côté, tout marchait bien. On avait des costumes d'une vérité historique. Tous les personnages marquants qu'entourèrent François Ier, qu'ils fussent morts ou vivants lors de son passage à Crissol, devaient figurer dans le cortège.

Puis, il y avait les affiches.

On en apposait cent les années précédentes.

son profit afin que la fête donnât pleine satisfaction.

De tous les points de la côte les marins écrivaient pour offrir leur participation au concours nautique et demander des renseignements.

Les prix offerts étaient importants et valaient le déplacement.

D'ailleurs, les compagnies de chemin de fer, à la sollicitation de Paul leur offraient, sur le prix des places, 50 % de réduction.

Le jeune président avait écrit à tous

La mignonne arrivait de chez une voisine où on lui avait présenté un bébé, Yvonne, à qui elle ne cessait de faire allusion et qu'elle s'efforçait d'imiter.

Tout à coup, dans le magasin, séparé de la salle à manger par une simple porte vitrée, on entendit une voix qui demandait : « Monsieur le Président ».

— Il se met à table, répondait une des vendeuses.

— Veuillez le prévenir, reprenait-on, que son ami Pierfeu veut lui souhaiter un bon appétit.

Mais, sans plus attendre, Paul Célial avait ouvert la porte et se précipitait vers l'arrivant.

— Pierfeu, s'écriait-il, M. Bruisseur, ajoutait-il.

Car ces deux inséparables étaient là.

— Eh oui ! retour de voyage avanthier, arrivé hier à Trouville. Vu partout les affiches de la grrrande fête patronale de Crissol, signées : le président de la fête : Paul Célial. Alors, on a décidé de continuer le voyage autour de l'Europe en poussant jusqu'ici et nous voici. Maintenant, vieux, tu vas nous indiquer l'hôtel où on déjeune le mieux.

— Trop tard, mon bon Pierfeu, toutes les places sont prises. Mais, il y en a à ma table et je te regarderais comme une injure tout refus de t'y asseoir. Donc, je vous garde.

— Nous ne sommes point des gens à faire des manières, intervint Bruisseur, mais, nous ne sommes pas seuls, ma mère et la sœur de Pierfeu nous accompagnent.

— Où sont ces dames ?

— Dans l'auto, à la porte.

— Je cours les chercher.

Madame Bruisseur et Mlle Pierfeu ne firent aucune difficulté pour accepter l'invitation.

Du reste, étant donné le nombre de gens qu'on voyait circuler dans les rues en quête d'une table, elles étaient plutôt enchantées d'être à l'abri de ce souci.

A la vérité, Paul et son comité avaient prévu le cas et, à leur demande, des tables d'hôte avaient été ouvertes partout. Le moindre aubergiste avait dressé cent couverts.

La plus contente de l'incident, ce fut certainement Suzanne. La petite était coquette et les ravissantes toilettes des Parisiennes, leurs cajoleries et leur gaité conquirent tout de suite cette gracieuse poupée vivante.

Comme la pâtisserie Célial donnait sur la place, des fenêtres, des chambres on était admirablement placé pour assister au défilé de la cavalcade et à l'assaut d'armes qui servait d'intermède.

Les rôles étaient tenus par deux prévôts, l'un de Caen, l'autre de Rouen dont le jeu émerveilla les populations.

A la mairie, le Dr Barraut, M. Dion, président du Conseil général, Madame Dion, le sous-préfet de Pont-l'Evêque, arrivé à l'improviste et ce conseiller dont le rapport avait fait voter la subvention si heureusement réclamée par Paul Célial, se tenaient et partageaient le plaisir général.

Le concours nautique devait être et fut le clou de la journée.

Aux accents d'une musique endiablée, moins savante que gaie, plus de deux cents concurrents se partagèrent les prix dans des épreuves aussi variées que suggestives et sans arrêt.

Du haut d'une estrade de plus de dix mètres un excellent nageur refit trois fois un plongeon sensationnel qui arrachait à la foule des cris d'effroi et d'admiration.

Pour le bouquet, de tous les paliers de cet échafaudage, les concurrents se précipitèrent à la fois dans la Vive, dont les eaux tiédies par un beau soleil, n'avaient jamais été si vivantes.

Radieuse dans la tribune dressée sur le bord de la rivière, Madame Dion, qui avait fait venir près d'elle le curé, demeura parmi la foule avec ses vicaires, remettait au digne homme, pour ses pauvres, un large billet de banque.

A ces pauvres, au surplus, le matin même, on avait distribué du pain et d'abondantes aumônes grâce à la caisse bien garnie du Comité.

Ceux de l'hospice avaient été mieux nourris qu'à l'ordinaire, on leur avait remis une pièce pour leur journée et des places leur avaient été réservées dans la tribune pour qu'ils assistassent commodément au concours. La cavalcade avait, tout exprès, passé sous leurs fenêtres.

La joie était générale.

Le Dr Barraud devait maintenant avoir son tour.

Les affiches de la fête invitaient très instamment les visiteurs à goûter l'eau ferrugineuse de Crissol, source de la forêt. Dans la ville, des flèches, peintes sur les maisons, indiquaient le chemin qui y conduisait.

Quand le concours eut pris fin dans l'apothéose ci-dessus, de larges pancartes promenées parmi la foule, invitèrent les gens à se rendre à la source : on allait y danser et y faire de la musique.

Ces danses, arrêtées à la dernière minute, avaient été proposées par Paul comme un sûr moyen d'amener à la source même les hésitants.

De fait, l'expédient réussit pleinement et si la source ne fut pas tarie, c'est qu'elle était réellement inépuisable.

Pour la dégustation, Paul y avait envoyé ses vendeuses toujours parées des coiffes d'antan. Deux serveurs les assistaient et les protégeaient.

D'autres personnes de bonne volonté distribuaient les prospectus du Dr Barraud et chacun trouvait que les éloges médicaux étaient parfaitement justifiés.

— Voici, monsieur le Maire, réclamait Madame Dion, une source qu'il faudra exploiter.

— C'est un devoir, continuait son mari.

— J'ai l'intention, appuyait Paul, de proposer au comité de la fête, qu'on affectât à cette exploitation, le boni de notre caisse.

— Très bien, reprit M. Dion et si le Conseil général y peut quelque chose, il n'y aura qu'à lui en faire la demande.

Madame Bruisseur parlait de regagner Trouville.

Paul insista tellement qu'elle accepta de passer la nuit à Crissol. La vieille maison du quinzième siècle vit se dresser des lits de fortune pour ces hôtes inespérés.

Ainsi, autrefois, quand les rois de France se rendaient dans les bonnes villes du pays les riches marchands leur donnaient asile.

Pierfeu et Bruisseur désiraient visiter Crissol, ses forêts et son vieux château. Ils étaient, en outre, curieux de voir l'attitude des Crissolois au lendemain d'une fête si merveilleuse.

Oh ! le lendemain ! ce fut la journée des habitants.

La veille, Crissol ne leur avait plus appartenu.

Ils étaient perdus dans la multitude des visiteurs.

Combien en étaient-ils venus ? Près de dix mille assurait-on. C'était très possible.

On calculait qu'ils avaient laissé dans le pays plus de cent mille francs d'argent.

Pour qu'ils ne manquassent de rien, les boulangers avaient dû travailler sans relâche et faire trois fournées supplémentaires. Le pain se consommait chaud. Comme les boulangers n'y eussent, d'ailleurs, pas suffi, on fit venir du pain de toutes les localités environnantes.

Les lapins, les poules et leurs œufs y passèrent presque intégralement et pendant la semaine qui suivit les basses-cours connurent un deuil et un effroi dont elles avaient peine à se remettre.

Des six mille boîtes de Gerfauts qu'il avait entassées et qu'il jugeait inépuisables, le père Pierre, transporté d'enthousiamse, en fit vendre plus de trois mille et si on ne voulait pas en manquer il convenait de se remettre, sans plus tarder, à en préparer d'autres.

Lui et ses ouvriers furent les seuls à travailler dès le 6 août.

Les Crissolois, les mais radieux, étaient descendus sur les rues et s'entretenaient de la solennité de la veille. Leur satisfaction était sans limite. Ils manquaient de termes pour l'exprimer, mais elle se lisait dans la luisance de leurs yeux émerveillés.

Paul était leur Dieu.

Ils ne juraient que par lui.

Le conseiller rapporteur n'avait-il pas dit qu'il était indispensable que le concours nautique devait se renouveler à Crissol tous les ans et augmenter encore d'importance ? C'était de quoi causer toute l'année.

Il paraissait évident à tous que le 5 août prochain serait encore plus beau que le 5 août passé.

Crissol s'avérait comme la capitale du monde nautique.

Il entrait dans l'histoire et le sport.

Or, à qui devait-on cette consécration ? A Paul Célial.

— Vieux, lui disait Pierfeu, tu pourrais, si tu le voulais, armer tous tes compatriotes et les faire marcher entre Caen pour que le chef-lieu du département fût transféré ici.

M. Grantil qui connaissait mieux que personne l'histoire du château et de la ville de Crissol, était venu spécialement des Jaulnayes pour montrer aux amis de son ami Célial les ruines féodales, leur expliquant ce qu'elles furent autrefois et quels seigneurs y vécurent.

Comme ils rentraient déjeuner, ils croisèrent un des clercs de Mᵉ Trème qui leur apprit que plusieurs des étrangers de la veille avaient acheté du terrain en bordure de la forêt, non loin de la source.

L'un d'eux se proposait même d'y élever un grand hôtel en prévision de l'extension que prendrait la source et, aussi, qui attendait la ville, du fait du concours nautique désormais annuel et élevé à la hauteur d'une institution.

Cet événement était déjà connu de tout le monde.

— Tous mes compliments, faisait Bruisseur à Célial, non seulement vous créez un gâteau exquis, ce qui suffirait à votre gloire, mais, encore, vous êtes en train de fonder une ville d'eau.

— C'est que toujours, ajouta en riant Mlle Pierfeu, l'eau va au moulin.

Cette spirituelle plaisanterie devait se réaliser.

L'eau de la source et le moulin de Paul devaient se réunir pour faire la prospérité de Crissol.

Après ce déjeuner comme nos amis prenaient le café dans la quiétude d'un repos bien gagné, un des étrangers — il en était resté beaucoup dans le pays —demanda Paul, pour affaires, exposat-il.

Paul le reçut dans son bureau.

— Vous avez, sans doute, fit le quidam, l'intention d'exploiter largement vos Gerfauts.

— Certes.

— Pour cela je vous offre mon concours. Je suis un des principaux placiers de la maison P..., de Londres ; mon désir serait d'être votre agent général.

Ce disant, il tendait sa carte.

Paul Celial la prit et y lut :

Georges Bourdon
269, boulevard Beaumarchais
Paris (3ᵉ).

La surprise de cette proposition le laissait hésitant.

— Je dispose de quelques moyens, poursuivait son interlocuteur, mais surtout, je connais à fond la partie. Je ne vous demande qu'un mois pour vous créer des représentants par toute la France. D'autre part, je me contenterai des conditions les plus modestes.

— Lesquelles ? Etablissez-moi un projet. Tenez, revenez d'ici deux heures avec le projet, j'aurai réfléchi; je pourrai discuter en meilleure connaissance de cause et je vous donnerai ma réponse.

— Puis-je espérer qu'elle sera favorable ?

— Je ne promets rien.

Quand Paul rejoignit ses hôtes, il les trouva qui visitaient les dépendances de la maison.

Le père Pierre tenait Suzanne dans ses bras.

La petite voulait marcher et Pierre Célial s'y serait prêté volontiers, mais Paul préférait attendre.

Avec beaucoup de raison, il prétendait que les enfants ne sont pas des animaux de concours et blâmaient les parents assez dénués de tact et de bon sens pour se hâter d'utiliser les jambes trop faibles de leurs enfants dans l'unique fin d'un triomphe personnel qui fait se flatter que leur bébé a marché avant celui du voisin. On ne devrait, disait Paul, mettre un enfant sur pied que quand ses jambes sont manifestement résistantes depuis quinze jours ou un mois.

Il est certain que si toutes les mères obéissaient à ces principes on ne verrait pas autant de pauvres petits êtres s'avancer si disgracieusement sur deux jambes arquées.

Madame Bruisseur qui avait été mise au courant de l'histoire intime de Paul par son fils et par Pierfeu en causait avec Pierre Célial.

— Maintenant, faisait ce dernier, je ne regrette plus rien.

— Le bien naît souvent du mal, observa Mlle Pierfeu.

— Il est certain, continuait Madame Bruisseur, que nous sommes le jouet des circonstances, et sans grande défense contre elle. Des événements plus forts disposent de nous. Seulement si nous avons l'âme bien trempée, nous saurons nous adapter au milieu nouveau où nous sommes jetés.

L'arrivée de Paul mit fin à cette conversation.

Il raconta la proposition qu'on venait de lui faire et sollicita les avis.

— Fais comme tu voudras, filleul, répondit parrain, du tac au tac. Ce sera toujours bien.

— En principe, dit Mme Bruisseur, je suis d'avis que vous acceptiez. Ce monsieur Georges Bourdon montre de l'initiative, il doit avoir de l'expérience; puisqu'il entreprend l'agence avec ses moyens, vous ne risquez rien.

— Mais, chère madame, remarqua Pierfeu, Paul va perdre tout le profit que fera l'agent.

— Dans toute affaire, dit M. Bruisseur, il peut y avoir du profit pour plusieurs. Puis M. Célial, en acceptant la collaboration Bourdon, évite les frais et les soucis d'une mise en vente.

— Outre, ajouta Paul, que je ne connais guère cette partie, ce qui peut m'attirer des déboires.

— Au moins réserve-toi, conclut Pierfeu, un certain contrôle et la possibilité de rompre si des accidents surgissaient.

— Faites-vous garantir, ajouta M. Bruisseur, une vente déterminée.

M. Bourdon semblait avoir prévu cette objection. Quand il revint, il apportait un projet de traité où il se contentait d'une commission restreinte et où il s'engageait, sauf le premier mois, consacré de part et d'autre à l'installation de l'affaire, à prendre dix mille boîtes de Gerfauts avec augmentation de mille boîtes mensuellement. Toutes les commandes étaient payables d'avance.

Après une petite discussion qui mit toutes choses au point, Paul accepta.

— Ce qu'il faudra, maintenant, M. Célial, dit Bruisseur, ce sera de songer à vous agrandir. A votre place, je me préoccuperai déjà d'installer une petite usine sur un terrain bien placé.

— Du côté de la source, proposa Mlle Pierfeu. Il est permis de croire qu'une nouvelle ville va se fonder dans ses parages.

— Excellent, fit son frère. C'est sur une hauteur. Pour une fabrique de gâteaux, il convient que l'air ne contienne ni fumées, ni poussières.

— Comme vous y allez, répliqua Paul. Comme ils y vont, parrain, ajouta-t-il ; ils nous croient bien riches.

— Ne t'inquiète pas de cela, vieux, interrompit Pierfeu, je mets cent mille francs à ta disposition.

— Et moi, autant, dit Bruisseur. Puis, si cela ne suffit pas, il y aura une suite.

— Ah ! mon ami Paul, nous avons de l'or à ne savoir qu'en faire ; le mieux n'est-il pas de le confier.

— Pardon, reprit Bruisseur, on peut encore faire mieux ; aussi M. Célial, je vais vous remettre pour M. Bourdon une première commande de cinq mille boîtes de Gerfaut, afin d'approvisionner largement toutes nos succursales.

Paul ne pouvait que remercier, d'un cœur ému, des amis aussi dévoués.

CHAPITRE X

L'Envol

Depuis ce mémorable cinq août, des ans et des ans ont passé qui ont été pour Paul Célial un effort incessant, mais aussi un succès grandiose.

La fortune le récompense de s'être attaché à sa famille et à sa ville.

Il a construit à Crissol, bien loin de Paris, une usine modèle d'où les Gerfauts prennent leur envol.

Son exemple a fructifié.

Les petites industries locales, prises

d'une louable émulation, ont voulu s'a-
grandir et y ont réussi : Paul aidant.

Elles ont trouvé dans le bas de laine
campagnard beaucoup plus copieuse-
ment garni qu'on est tenté de le croire,
un concours financier qui ne demande
qu'à être sollicité pour se donner.

La petite briqueterie du bourg travaille
désormais avec un matériel moderne.
Ses trois cents ouvriers fournissent à
tout le littoral ces briques superbes qui
en édifient les riches villas.

Autrefois la forêt expédiait des arbres
qui se débitaient au loin : un Crissolois a créé pour eux, à leurs pieds, une
scierie qui ne chôme jamais.

Il va de soi que ces trois premières
industries avaient de quelques centaines
de familles augmenté la population de
la ville.

Pour les loger il avait fallu construire
des maisons.

Or, quand le bâtiment va, tout va.
La briqueterie et la scierie ne connais-
saient point de chômages. Les maçons,
couvreurs, charpentiers, ébénistes, etc.,
n'y suffisaient plus et, de leur côté,
recrutaient du monde dans toute la région.

L'hôtel de la Source profitait de ces
circonstances pour élever ses deux éta-
ges de chambres dotées de tout le con-
fort moderne et le Dr Barraud voyait
son rêve initial en voie d'une réalisation
chaque jour plus avancée.

De fait, un des marchands de vin de
Crissol — ah ! pourquoi pas ? — avait
été, par la municipalité, chargé de mettre en bouteilles et d'expédier l'eau que
commandaient les premiers clients à qui
des médecins de la région en ordon-
naient.

Cela ne le changeait guère.

Sur ces entrefaites revint ce premier
cin où, suivant l'usage local, on se
réunissait à la mairie pour élire le comité de la fête patronale et son président.

La tradition religieusement suivie voulait que le président ne fût pas rééligi-
ble.

Mais quand, cette fois, le Dr Barraud
qui avait tenu à présider la réunion, posa la question, l'assemblée fut unanime
pour déclarer qu'elle ne voulait, pour la
fête, d'autre président que Paul Célial.

Cette intention n'était un mystère
pour personne. Il eût été puéril à Paul
Célial de vouloir se dérober à une manifestation qui était un acte de justice.

Ce fut bien pour la forme et sans
grande conviction qu'il fit entendre des
protestations plutôt timides. A son avis,
expliqua-t-il, il n'est pas bien de déroger
aux vieilles coutumes et un nouveau
président a cet avantage d'apporter avec
lui une activité et des idées neuves. Il
pensait qu'en l'espèce il valait d'autant
mieux suivre l'usage que cette année le
programme était tout tracé.

On devait, pour obéir aux suggestions
du Conseil général, consacrer au concours nautique tout l'après-midi. Le conseil et même le gouvernement l'avait ri-

chement doté ; avec ce que donnait Crissol et ce qu'on attendait des souscrip-
tions locales c'était plus de dix mille
francs de prix qui seraient distribués
aux concurrents.

A vrai dire, le concours précédent
avait singulièrement développé la natation dans toute la région.

Un accident n'y avait pas peu contri-
bué.

Voici dans quelles circonstances.

Dans l'étang d'une commune voisine,
au commencement de mai, des jeunes
gens se baignaient. L'un d'eux, pris
d'une crampe soudaine, allait se noyer.
Tous ses camarades se portèrent à son
secours et le tirèrent du danger.

Or, il fut révélé que c'était depuis le
concours de Crissol que ces enfants
avaient appris à nager. Sans ce concours, dont la leçon était patente, une
famille eût été en deuil.

En publiant ce fait divers, les journaux eurent soin de démontrer l'utilité
de ces fêtes sportives bien autrement
utiles et bien plus agréables même que
les réjouissances périmées de la majo-
rité des réjouissances patronales.

Le maître de l'école à qui appartenait
ces jeunes nageurs et qui leur avait enseigné la natation fut publiquement fé-
licité et obtint un avancement de faveur.

Donc le conseil général voulait une
véritable solennité nautique et, à ces
conditions, il promettait d'ores et déjà de
doubler les prix l'année suivante de façon que le concours de Crissol eût une
importance capitale.

Le préfet, en personne, viendrait le
présider.

L'année suivante on aurait, peut-être,
un ministre.

Le président du conseil général, les
sénateurs et députés du département seraient présents.

Même des généraux car des officiers
et des soldats devaient concourir.

L'université y serait représentée en
raison de la place que les écoles commu-
nales de filles et de garçons y tien-
draient.

Crissol, fier de la suprématie acquise,
n'avait garde de discuter les suggestions
du Conseil général. Il s'y pliait avec
empressement.

Dans ces conditions, disait Paul, la
tâche du président était très facile et
point n'était douteux qu'un Crissolois de
bonne volonté se plairait à l'assumer,
ce qui aurait pour conséquence de ne
point déroger aux traditions.

Notre ami en était pour ses frais d'élo-
quence.

C'était lui qu'on voulait.

Lui seul qu'on jugeait suffisamment
décoratif et à la hauteur d'une situation
si transcendante.

Le Dr Baraud manifesta le désir de
donner son opinion.

— Monsieur Célial, dit-il au milieu
d'un silence parfait, je vous prie ami-
calement de vous rendre au vœu po-
pulaire. Que serait, sans votre présiden-

ce, cette fête qui s'annonce si bien et que vous, seul saurez porter à son apogée. J'ai conscience de me faire, à nouveau, l'interprète du sentiment général en affirmant que Crissol vous doit beaucoup...

On applaudissait.

— Vous vous êtes consacré à votre petite patrie comme à une seconde famille...

Les applaudissements redoublaient.

— Et quand j'évoque cette seconde famille qui grandit près de vous en grâce et en santé, il n'est ici personne qui ne comprenne à qui je fais allusion...

conduit à réunir une collection, que je crois complète, de toutes les coiffes anciennes de notre province et même de ses plus beaux costumes. Je pense que ce ne sera pas manquer aux desiderata du Conseil général que de faire revêtir ces coiffes, il y en a une centaine, et ces costumes, vingt-deux ou vingt-cinq à des jeunes filles et femmes de bonne volonté et capables de les mettre en valeur. Ces dames circuleront dans la foule et y mettront un intérêt supplémentaire. Si vous n'y voyez pas d'inconvénient, je m'en ouvrirai au conseiller-rapporteur qui doit nous contrôler.

Les coiffes leur allaient à ravir.

— Très juste, très juste, faisait-on de toutes parts,

— Vous auriez pu, comme tant d'autres dont c'est le droit, porter ailleurs le fruit de votre activité et de votre intelligence. Vous avez préféré en faire profiter votre ville et votre nièce. Il importe que vous en soyez récompensé comme vous le méritez et aussi que vous continuiez votre œuvre...

Que répondre à d'aussi flatteuses paroles, Paul Célial remercia le maire, remercia l'assemblée et accepta, mais, ajouta-t-il, sous cette condition que l'an prochain, on reviendrait à l'usage traditionnel.

Poursuivant son petit discours :

— Vous savez tous, dit-il, que l'année dernière j'avais donné à mes vendeuses des coiffes normandes. Cette idée m'a

Il n'eut pas besoin d'en dire davantage. Cette initiative plaisait à tous.

Loin de s'y opposer, le conseiller encouragea chaleureusement Célial à soigner cette manifestation qui contribuerait à l'agrément du concours.

Elle eut, en effet, un succès qui dépassa toutes les espérances.

Le préfet qui était un érudit, et un folkloriste, goûta tellement cette reconstitution qu'après avoir groupé autour de lui les manifestantes, il émit la prétention d'acquérir la collection des coiffes et des costumes pour en constituer un musée provincial.

Célial était loin de partager une proposition qui, pourtant, était tout à son éloge. Il tenait à ses coiffes.

Le préfet se montrant plus pressant qu'il n'était, peut-être, de raison, Paul laissa entendre qu'il ne consentirait que si le musée était ouvert dans le vieux château de Crissol dont les ruines étaient, pour une partie suffisante, facilement réparables.

Le D' Barraud qu'il poussait du coude, saisit la balle au bond et abonda dans le même sens.

M. Grantil qui se trouvait auprès de Célial crut, lui aussi, pouvoir intervenir.

— Si ce musée provincial de Crissol se réalisait, dit-il, je lui ferai don de tous les costumes et même des mannequins qui reconstituent la légende de la main gauche.

— Je vous promets d'étudier ce projet, conclut le préfet.

Est-il besoin de dire que le second concours nautique, avec ses manifestations variées, eut encore plus de succès que le précédent, qu'il amena encore plus de monde à Crissol et y laissa plus d'argent ?

Dès cette année Crissol vit une bonne douzaine de familles s'installer dans ses murs pour y passer la saison et y faire une cure.

Crissol était en voie de devenir une ville d'eau.

Sa source ferrugineuse avait des fervents.

L'adage de son promoteur se vérifiait :

Qui cette eau boira
Longue vie aura.

Chaque année la fête patronale devait s'intercaler comme un intermède, comme une récréation dans la vie active de la cité laborieuse et grandissante.

En peu de temps, la population de Crissol doubla et s'enrichit.

Point de pauvres, car il y avait du travail pour tout le monde.

Dans cette ruche féconde et heureuse, Paul tenait, avec raison, une place prépondérante.

Quand il traversait les rues allant de son logis à son usine, la ville le regardait avec un sourire d'admiration et de reconnaissance.

Il n'avait pas quitté la vieille maison du quinzième siècle où se complaisait le père Pierre et où tous les Célial passés veillaient sur leur descendant.

Entre Suzanne qui grandissait, qui grandissait comme la ville, et filleul, qu'il jugeait calmé, résigné et heureux, Pierre Célial vivait une existence fleurie comme par un éternel printemps.

Plus psychologique, il eût découvert que dans le fond du cœur de son neveu l'image d'une fiancée jeune, belle, adorée ne s'effaçait pas.

Pour l'y contempler tous les jours, voire à toutes heures du jour, le portrait de Mathilde s'était incrusté dans la chair et dans l'âme du jeune homme.

Mais, il s'agissait toujours de cette Mathilde qu'il avait connue avant le décès du juge. L'autre, celle qui avait, dans une trahison doublement infâme, épousé son camarade d'enfance, Paul l'ignorait.

A cette dernière, pourtant, il écrivait régulièrement.

C'était toujours lui, en effet, qui tenait la plume de sa belle-mère.

Nanette vieillissait paisiblement et égoïstement.

Elle ne se privait de rien sauf de goûter aux Gerfauts, ayant déclaré, une fois pour toutes, que cette pâtisserie était hostile à son estomac. Elle prédisait, d'ailleurs, à qui voulait l'entendre, que le public se lasserait bientôt de ce gâteau indigeste et, rancunière, malveillante, elle guettait une catastrophe qu'elle appelait de tous ses vœux.

Jamais, dans ses réponses à Madam Héloin, Paul n'avait fait allusion à sa nouvelle fortune.

Pourquoi ? il se le demandait souvent mais sans trouver une explication qui le satisfît.

Peut-être ne voulait-il pas que son propre succès vînt gâter, dans une âme chancelante, celui de la jolie reine d'Alger.

Reine d'Alger, Mathilde l'était toujours, l'était encore. Sa jeunesse et sa beauté l'auraient consacrée telle, quand bien même l'entreprise du chemin de fer ne l'aurait pas mise en évidence.

Elle demeurait la coqueluche de la métropole africaine, même depuis que cette entreprise stagnait, oscillant entre une faillite et une brillante reprise, obéissant ainsi au sort de toutes les combinaisons humaines par trop risquées.

Dans quelques-unes de ses lettres, jouant l'émotion, une émotion à fleur de peau qui faisait enrager le sceptique père Pierre, Mathilde jurait de traverser les mers, au pluriel, encore que la géographie protestât contre ces multiplications des Méditerranées, d'accourir embrasser et enlever sa fille dont, affirmait-elle, elle ne pouvait plus se passer.

Mais, un inévitable post-scriptum remettait au lendemain ce projet qui avait inspiré des accents si éloquents et, sans doute, apitoyé le grand Charles sur la douleur maternelle de sa pauvre femme.

Les flots courts, pressés et scintillants qui sautillent d'Alger à Marseille, se liguaient contre Mathilde.

Il n'y avait rien à faire.

Suzanne n'y perdait rien.

Elle trottinait, sur ses petites jambes bien solides, dans la vieille maison dont elle était l'âme.

C'était une petite fille de toutes joies à qui tous les bonheurs étaient promis, dont tous les rêves se réalisaient.

Gracieuse fée d'un royaume étroit mais dont les limites se reculaient au fur et à mesure que ses menottes les atteignaient, elle ignorait les déceptions de la vie.

— Vous la gâtez, bougonnait sa grand'mère.

— Que non, maman, répliquait Paul, je voudrais lui donner encore davantage de plaisir. Ce qui gâte les enfants, ça n'a jamais été le bonheur dont on les entoure, dont on les sature, mais de mauvaises habitudes qu'on leur laisserait prendre.

Suzanne savait son nom mais sa bouche inexpérimentée le déformait et quand elle parlait d'elle-même, elle disait Nane.

— Onne à Nane, onne à Nane, répétait-elle quand elle désirait qu'on lui donnât quelque chose.

Et de tous ces détails enfantins, Paul, le zonzonc Pob, comme le nommait Nane, noircissait le carnet qu'il consacrait à la biographie de sa nièce.

Comme un jour, Nane, chevauchant les genoux de son oncle, fouillait dans ses poches, elle en retirait son porte-monnaie, l'ouvrait et jouait avec des louis d'or qu'elle prenait sans en connaître la valeur.

— Paul, grogna Nanette, tu ne devrais pas, à son âge, lui faire voir de l'or ; plus tard, elle n'aura aucune joie à en posséder.

Cette niaiserie était débitée avec un tel sérieux que le père Pierre éclata de rire et entreprit sa belle-sœur qu'il détestait franchement.

Par sympathie pour l'oncle, Crissol fêtait la nièce. Il n'y avait pas de maison où elle ne fût la bienvenue ; pas de passants, sur la rue, qui ne la saluait d'un affectueux :

— Bonjour, Mademoiselle.

Le père Pierre ne l'aurait bien nourrie que de Gerfauts.

— Attention, faisait Paul en imitant Nanette, tu te prépares une nièce qui mangera ton fond de commerce.

— Accepté gouaillait parrain, mais, filleul, nous allons lui fabriquer tant de gâteaux que, dût-elle mourir centenaire, elle n'en manquera jamais.

Par suite de vacances qui se produisirent, Paul, son oncle et M. Grantil, devenu un familier de la pâtisserie, étaient entrés au Conseil municipal.

Au bout de la première année, Paul vendait couramment vingt mille boîtes de Gerfauts par mois.

Il était riche.

Le Dr Barraud dont, jadis, il avait convoité la succession, ne gagnait pas autant et avec beaucoup plus de mal.

Georges Bourdon, à ce moment, s'aperçut que ses courtiers pourraient placer d'autres produits en même temps que les Gerfauts, il demanda à Paul Célial de lui fabriquer des petits fours, des dragées, etc.

Sans la moindre hésitation, sans perdre de temps, Paul entreprit cette nouvelle branche de l'industrie pâtissière.

Pour cela il fit venir un personnel de choix, il le paya bien et le chargea d'instruire la main-d'œuvre locale.

De toute la Normandie, des côtes surtout, cette main-d'œuvre s'offrait et, acceptée, venait habiter Crissol.

Dès la fin de juillet, c'était la source bientôt en pleine prospérité, qui amenait un autre monde. D'autres hôtels s'étaient élevés, de jolies villas s'étaient construites. De superbes toilettes réjouissaient les rues de la ville.

Doucement, le cœur satisfait d'avoir vu sa source appréciée, le Dr Barraud s'était éteint et reposait dans le cimetière de Crissol, sur la butte du Grand Moulin.

Comme une chose qui lui était due, sa place avait été offerte à Paul à qui, décidément, mais non sans peine, tout réussissait.

Tout à coup, d'Algérie une mauvaise nouvelle arriva et dans le ciel bleu de Crissol jeta un nuage noir.

La fameuse ligne ferrée qui devait traverser l'Afrique et relier Alger au Cap, avait vécu.

Berny, le banquier, n'avait pu trouver les capitaux nécessaires. Accusé de malversations, il avait été arrêté et écroué au dépôt.

Les bureaux de l'entreprise avaient été fermés immédiatement et le personnel congédié de même.

La villa, aux jardins d'orangers, où le ménage Héloin était logé et dont le loyer n'était pas payé, leur fut reprise avec une brusquerie dépourvue du moindre égard.

Découronnés, Mathilde et son mari durent prendre un domicile à l'hôtel, heureux encore que leurs appointements venaient de leur être versés la veille de la catastrophe.

Au reste, dans cette pénible crise, une chance leur resta.

Un ingénieur anglais qui étudiait, sur place, le plan de la voie ferrée d'Alger au Caire, et qui s'était plus épris de la beauté de Mathilde que de la science de son mari, engagea ce dernier à le suivre en Egypte où l'Angleterre allait dresser le plan d'une ligne qui irait du Cap au Caire.

Ce qui était perdu d'un côté, se gagnait de l'autre.

Charles Héloin dont la santé avait beaucoup souffert de ses longs séjours aux confins du Sahara, aurait préféré rentrer en France.

C'était aussi pour lui et sa femme une occasion de revoir Suzanne qui devait être si gentille.

Mais, revenir déchue après avoir tant vanté sa fortune, paraissait à Mathilde le comble du malheur.

Sa vanité exacerbée lui faisait tout préférer à un tel retour.

Elle ne se faisait sur Charles aucune illusion. Trouverait-il en France un emploi et lequel ? Vraisemblablement un maigre salaire l'y attendait.

Mieux valait, lui semblait-il, courir les aléas d'un séjour en Egypte qui pouvait la relever. Sur ses instances, Charles accepta les propositions anglaises et le couple refit à nouveau ses malles.

Mais, cette fois, ce n'était plus avec l'entrain et l'allégresse qu'on y mettait, cinq ans plus tôt, rue Madame. Machinalement, Mathilde y entassait les souvenirs de sa gloire algérienne et, maussade, s'enquêtait de l'heure du départ.

A la dernière minute, elle se résignait à adresser une lettre à sa belle-mère pour la mettre au courant de la situation.

Après avoir maugréé contre un sort qui lui semblait injuste, qu'elle proclamait n'avoir pas mérité et qui, suivant elle, aurait dû l'épargner, elle se laissait aller encore à des espérances qu'elle croyait de nature à sauvegarder les apparences.

— Après avoir été la reine d'Alger, lui avait déclaré, sans rire, l'ingénieur anglais, elle serait la reine du Caire où la société est aussi cosmopolite que riche.

— Bon voyage, fit Pierre Célial.

— Pauvre Mathilde ! Pauvre Charles, conclut Paul, qui enfouit précipitamment dans sa poche la lettre fâcheuse et se donna une figure souriante : Suzanne entrait et il s'agissait de céler à la fillette d'aussi tristes nouvelles.

Suzanne avait une intelligence très ouverte. De ses yeux petits et perçants, elle vous scrutait une physionomie jusqu'à lui en arracher ses secrets.

L'attitude des siens éveilla son attention.

— Qu'est-ce que tu disais, mon oncle ? demanda-t-elle.

Depuis longtemps, elle avait cessé de dire : zonzonc Pob.

Surtout à sa nièce, Paul Célial n'aurait jamais voulu mentir. Il eut considéré ce mensonge comme une salissure.

— Mon petit Suzon, répondit-il, je lisais une lettre de ta maman.

Sans la connaître, la petite éprouvait pour ses lointains parents, une affection attendrie.

— Que raconte maman ?

— Qu'elle s'en va en Egypte avec ton papa.

— Quoi faire ?

— Mais, petite curieuse, pour travailler au chemin de fer.

— Drôle, ça ?

Puis sa petite cervelle passait à un autre ordre d'idées.

Le séjour des Héloin en Egypte devait être court.

Les premières lettres de Mathilde dépeignirent, avec les enjolivements que lui dictait sa nature vaniteuse et banale, les curiosités et les enchantements d'une arrivée en Egypte.

Mathilde découvrait le Sphinx et contemplait les pyramides.

Le sable du désert l'étonnait et le Caire la charmait. Le Nil l'intéressait et, dans une ligne quelconque, elle annonçait, sans plus y insister, que Charles le remontait pour l'établissement de la ligne en projet.

— Pauvre Charles ! répéta Paul à cette occasion, il finira par y rester.

Charles n'en revint pas.

Une lettre de Mathilde qui arriva bordée de noir laissa deviner cette mort avant d'être ouverte.

Qu'allait devenir sa veuve, si loin des siens et dénuée de ressources ?

Paul se le demanda avec inquiétude.

Pierre Célial n'y prenait garde et eut volontiers conseillé à son filleul de penser à autre chose.

Mais, déjà, ce dernier était filé à la poste et envoyait au Caire une longue dépêche où il pressait Madame Héloin de revenir à Crissol où il lui offrait de bon cœur tout ce dont elle aurait besoin.

En rentrant à la maison il rapportait pour sa nièce un costume noir. Deuil !

Dix jours plus tard, la dépêche de Paul lui revenait avec une lettre du consul de France au Caire qui annonçait que Madame veuve Héloin avait quitté la ville aussitôt après le décès de son mari et suivait, en qualité de dame de compagnie, une dame américaine qui semblait se diriger vers les Indes.

Comme Madame Héloin ne laissait pas d'adresse où faire suivre son courrier, la dépêche avait été remise au consul qui la retournait avec des explications, à son expéditeur.

— Désormais, fit la vieille Nanette, Suzanne est orpheline.

— Ni plus ni moins qu'auparavant, répliqua assez durement Pierre Célial.

— Elle ne le sera jamais tant qu'elle nous aura, dit Paul.

Le coup avait été dur pour Nanette Célial qui expirait peu après entourée d'ailleurs, sinon de beaucoup d'affection, elle n'y tenait guère, au moins des soins les plus empressés.

CHAPITRE XI

Hostilités

Les heures, les jours, les mois, les ans ont continué de couler intarissablement. Quand il n'y en a plus, il y en a encore.

Paul Célial va avoir trente-deux ans. Il n'est point marié et semble ne pas y songer.

Déjà maire de Crissol, il a été élu député.

Ses débuts à la Chambre ont même été remarqués.

Frappé, lui le travailleur, de la stérilité du labeur parlementaire, du défaut de son organisation, de l'incohérence de sa discussion, il a imaginé un remède.

Ce serait, a-t-il exposé au reporter d'un grand quotidien, de supprimer purement et simplement la Chambre et le Sénat.

— Par quoi les remplaceriez-vous ?

— Par des assemblées départementales, par les conseils généraux dont je double les membres en ajoutant aux élus des membres de droit qui seraient pris parmi les compétences locales : présidents des syndicats, hauts fonctionnaires, etc.

Et brodant là-dessus il instituait un organisme constitutionnel qui supprimerait radicalement la république des camarades en train de déprimer le pays.

Même à Paris, Paul Célial est quelqu'un.

et son attention, s'étaient avidement portés de l'autre côté.

Le logis du quinzième siècle, lui, était bien au même endroit. L'ayant regardé de plus près, elle lut sur la porte :

P. Célial

J. Badois, successeur

— Pour le coup, ce serait jouer de malheur. Est-ce que je ne vais plus les retrouver?

Auprès de la mairie, l'ancien hôtel de la Gerbe de Blé avait été démoli et remplacé par un véritable palace.

Il était midi et demi.

— Entrons au restaurant, se dit l'étrangère, je me ferai servir à déjeuner. C'est la meilleure occasion de se renseigner.

Elle ne se hâta pas de manger, se proposant de demeurer la dernière à table pour, ensuite, causer tranquillement au personnel.

Un moment vint où en plus de la dame, un seul consommateur demeura dans la salle, ne se pressant pas de sortir.

Mais, tout à coup, la porte fut ouverte brusquement et une bonne, s'adressant au consommateur, s'écria :

— Monsieur, voici Monsieur Paul Célial qui passe.

— J'y cours.

En même temps que lui, la dame s'élançait et pénétrait dans le café attenant au restaurant. Elle vit la bonne qui, du doigt, désignait à son voisin de table une personne sur la rue.

— Tenez, faisait-elle, c'est là-bas, le jeune.

L'étrangère regarda de tous ses yeux.

— C'est bien lui, se dit-elle in petto, et c'est son oncle qui l'accompagne.

Et elle considérait Paul Célial.

Sur la grand'place de Crissol, Paul passait lentement, au pas du père Pierre. Tout le monde le saluait avec la considération due à un personnage important.

De fait, chacun se disait :

— C'est à lui que Crissol doit tout.

— Comme c'est étrange pensa la dame.

De surprise elle avait laissé tomber son mouchoir. Elle se baissait pour le ramasser. Mais, une fillette, qui arrivait à sa hauteur, la prévint.

— Je vous en prie, Madame, dit-elle, permettez-moi de vous aider.

Et déjà, ayant repris le mouchoir, elle le tendait à la dame.

— Vous êtes bien gentille, fit celle-ci, à votre tour permettez-moi de vous embrasser.

Pour toute réponse, la fillette tendit son front où l'étrangère déposa un baiser cordial.

Dans le même moment, l'enfant, se trouvant placée en face de la fenêtre, regarda machinalement à l'extérieur. Mais aussitôt, reconnaissant, elle aussi, Paul Célial elle s'écriait, s'adressant à une bonne qui la suivait :

— Voici mon oncle, Joséphine, venez vite.

— Qui ça, votre oncle ? ce monsieur Paul Célial ?

— Oui, madame, c'est lui qui m'a élevée.

Déjà, elle était dehors et courrait vers Paul Célial qui la reçut dans ses bras et la baisa comme s'il ne l'avait pas vue depuis un siècle tandis qu'il ne l'avait pas quittée depuis une demi-heure.

Puis, Suzanne, donnant une main à l'oncle Paul, l'autre à l'oncle Pierre, se prit à marcher entre les deux hommes avec une quiétude qui faisait plaisir à voir.

Une des bonnes de l'hôtel avait assisté à cette scène rapide.

— Est-ce que ce serait Mademoiselle Suzanne Héloin, lui demanda l'étrangère.

— Oui.

L'étrangère ferma un instant les yeux comme si elle allait se trouver mal, puis, se ressaisissant, elle pria la bonne de lui servir son café dans le restaurant alors désert.

Là, elle la retint.

— Je viens à Crissol pour voir M. Célial ; mais voici dix ans au moins que je l'ai perdu de vue. Je trouve une situation si changée que je vous saurais gré, si vous en avez le temps, de me mettre au courant.

— Je ne demande pas mieux. Si Madame a quitté Crissol il y a dix ans, moi je suis ici depuis le même temps. J'y suis arrivée environ cinq semaines après le décès du père de M. Paul...

— Il était juge de paix ?

— Parfaitement. Il mourut subitement en apprenant que son banquier avait fait faillite le ruinant lui et son frère Pierre. Monsieur Paul était fiancé à une demoiselle Auchamp qui était son amie d'enfance...

— Ah ! vous savez ?

— On ne parlait que de ça quand je vins ici.

— Et alors ?

— Quand la demoiselle sut que son fiancé était ruiné elle le quitta pour épouser un Charles Héloin qui avait été élevé par le juge de paix et qui vivait avec M. Paul comme un frère.

— Vous vous trompez, je sais que ce fut M. Célial qui rendit à la jeune fille la libre disposition de sa main.

— Au fait, c'est possible. Ce qui est certain c'est que Charles Héloin était en passe de s'enrichir quand son cousin perdait sa fortune. Il eût pu l'aider et surtout ne pas épouser Mlle Auchamp. Bref, ils se marièrent et partirent à Paris. Là, ils eurent une fille dont ils ne voulurent pas se charger et qu'ils confièrent à M. Paul.

— Pardon, à la mère du mari.

— Je vois que vous en savez autant que moi.

— Non je suis seulement au courant des incidents qui ont suivi le décès de M. Célial, le père. Mais, dites-moi, cette demoiselle Auchamp, quel souvenir a-t-elle laissé à Crissol ?

— Elle a tant fait souffrir M. Paul qu'on l'a généralement blâmée.

— Croyez-vous qu'il ait tant souffert ?

— J'en suis sûr ; j'habitais, alors, la maison voisine et par la vieille Rosalie je savais tout, M. Paul pleurait fréquemment ; puis il s'est mis à boire ; même un jour, il a parlé de se tuer.

— De se tuer ?... ce n'est guère croyable.

— C'est si sûr que Rosalie a dû l'empêcher de sortir. On l'a remonté dans sa chambre. C'est à ce moment qu'il a appris la naissance de la petite Suzanne. La mère l'envoyait à Crissol. M. Paul a décidé de s'en charger et de vivre pour elle.

— Ne trouvez-vous pas que c'est bien romanesque ?

— On a surtout pensé que c'était joliment beau de sa part, après ce qui s'était passé. Au reste, il en a été largement récompensé.

— Comment ça ?

— Oui, la petite Suzanne lui a porté bonheur. Depuis qu'il l'a ramenée ici tout lui a réussi.

Et la bonne, décidément bien renseignée, raconta ce que nos lecteurs savent par les chapitres précédents.

— Je vous remercie de vos renseignements, fit la dame. Je vais écrire à M. Célial pour le prier de me recevoir ; qui pourrait se charger de lui porter ma lettre ?

— Moi si vous voulez ; le château est à un quart d'heure d'ici.

— Veuillez donc me donner de quoi écrire.

Quand elle fut servie, elle réfléchit longuement puis écrivit sa lettre tout d'une traite comme quelqu'un qui ayant pris un parti délicat se décide à le suivre jusqu'au bout. Cependant au moment de signer puis de fermer l'enveloppe elle eut encore une double hésitation.

La bonne attendait sans impatience.

Elle prit la missive que lui tendait la voyageuse et se mit en route vers le destinataire.

Paul Célial, rentré chez lui, causait tranquillement avec son oncle tandis que Suzanne, assise à leurs pieds sur un tabouret, s'essayait à un menu ouvrage au crochet.

On lui remit la lettre.

— Qui l'a apportée ?

— La bonne de l'Hôtel de la Gerbe de Blé.

— Attend-on une réponse ?

— Non, monsieur.

Paul continua avec parrain la conversation commencée, tournant machinalement dans ses doigts une lettre dont la réponse n'était, lui semblait-il, pas urgente.

Dans un moment de silence, il approcha un coupe-papier, fendit l'enveloppe et reprit avec le père Pierre une discussion qui passionnait fortement les deux hommes, même Suzanne qui, de temps en temps, levait vers eux deux

yeux qu'elle plissait comme pour que son regard en fût plus aigu et pénétrât plus profondément dans ce qui se disait.

Au cours d'un autre silence la lettre fut extraite de l'enveloppe, mais demeura pliée car une objection de parrain appelait une réplique.

La gesticulation qu'il y mettait fit enfin que la lettre se trouva dépliée et mise sous ses yeux.

Il lut et tout aussitôt ses traits pâlirent et se figèrent, la phrase commencée s'arrêta dans le fond de sa gorge.

— Qu'as-tu donc, mon oncle ? demanda Suzanne.

— Rien, ma petite.

— Si, tu as de la peine. Qui t'écrit ?

— Une dame qui désire me causer et me demande à l'hôtel.

— N'y vas pas, mon petit zonzonc.

— Pourquoi ? ma chérie, ce ne serait pas joli.

— Non, n'y va pas. Elle va te faire du mal.

— Tu n'en sais rien.

— Je le sens. J'ai peur. Reste ici, l'oncle Pierre ira à ta place.

La situation devenait pénible.

L'institutrice de Suzanne y mit un terme en venant réclamer son élève.

— Je ne quitte pas l'oncle, fit-elle.

— Si, mon petit, il faut obéir à mademoiselle, être bien sage et bien travailleuse.

Elle céda à la longue.

— Mais, au moins, tu viendras m'embrasser avant de sortir et quand tu rentreras ?

— Je te le promets.

La scène avait été si rapide et si extraordinaire que Pierre Célial n'avait pas eu le temps d'intervenir.

D'ailleurs, dès que Suzanne sortie, les deux hommes furent seuls, il n'eut même pas à demander des explications. Paul lui tendit la lettre.

Et, à son tour, Pierre lut :

Crissol, le 25 juillet 1914.

Me voici, après dix ans d'absence, de retour à Crissol. J'étais partie jeune, belle, rayonnante d'espoir et d'orgueil avec la perspective hallucinante d'un superbe avenir. Je reviens vieillie, flétrie, ruinée, découragée, seule, sans force pour lutter contre un sort implacable et trouble. Je ne demande rien sinon que vous me renvoyiez ma fille avec qui reste ma seule consolation.

Merci mille fois des bons soins dont vous l'avez entourée et mille fois pardon du chagrin que j'aurais pu autrefois vous causer.

A l'hôtel on demandera Madame Charles, c'est le nom sous lequel je vais me faire inscrire.

Ce soir, d'ailleurs, j'aurai quitté Crissol et pour toujours.

Mathilde.

Pierre était atterré.

— Il faut croire, fit Paul, que je n'étais pas au bout de mes peines.

lant homme, vous eussiez mis fin à ces commérages, on a prétendu qu'après la mort de votre père et sa ruine je vous avais abandonné parce que vous étiez pauvre.

— Votre silence atteste que vous êtes d'accord avec mes détracteurs. Force m'a été de me défendre. J'ai dû établir

— Non, je veux que vous reconnaissiez vos torts.

— Ainsi, c'est moi qui suis accusé ?

— Rappelez vos souvenirs.

— Ils ne m'ont jamais quitté : tous les jours ils sont présents à ma mémoire. N'en parlons plus.

— Souvenez-vous de ce qui s'est passé dans le jardin.

Elle demeurait la coqueluche de la métropole africaine.

la vérité. Il m'a fallu dire à cette fille que ce n'était pas moi qui avais rompu nos engagements d'enfants sans expérience et que c'était vous qui aviez insisté pour que je reprenne ma parole.

— Vous ne répondez pas ! N'est-ce donc point vrai ?

— Mathilde, ne nous attardons pas sur ce sujet. Le passé, pour moi, est mort. Ne le ressuscitons pas.

— Au contraire, j'y tiens.

— Je vous en prie.

— Je m'en souviens. Et puisque aussi bien, pour en finir, vous m'obligez à revenir sur ces journées cruelles, me voici contraint de vous apprendre un détail que vous ignorez...

— Allez, pas d'hésitation.

— Le soir de l'enterrement de mon père, j'étais dans son bureau qui, vous le savez, donnait sur ce jardin que vous venez d'évoquer. J'y causais avec mon parrain. Vous, vous promeniez avec Charles. Vous vîntes tous les deux vous asseoir sur le banc qui était devant la fe-

nêtre du bureau et de votre conversation, ni mon oncle ni moi n'avons perdu un mot. Je pourrais vous la répéter
textuellement. Vous-même ne sauriez
l'avoir oubliée. Vous disiez à Charles
que c'était lui seul que vous aimiez, lui
seul que vous vouliez épouser, que je ne
pouvais plus, pauvre que j'étais devenu,
me charger de vous et que vous faisiez
votre affaire de m'amener à reprendre
nos mutuelles promesses.

— Et vous trouvez que c'est propre
d'écouter, comme cela ?

— Me voici, à nouveau, sur la sellette.
Vos propos m'avaient médusé. Qui pourrait m'accuser : je perdais, dans le même temps, mon père, ma fiancée, ma
fortune, mon avenir et j'avais vingt ans.
N'importe ; qu'on mette dans la balance
et vos paroles et le fait que je les ai en-
tendues, qui l'emportera ?

Sous le coup de cette révélation impré-
vue, Mathilde avait chancelé. Elle se
sentait en mauvaise posture.

Mauvaise partenaire, à la table du jeu
de la vie, elle s'était assise et elle avait
triché. Cependant les cartes, qu'elle
avait truquées, s'étaient retournées contre elle. Elle avait perdu la partie et la
quittait sous les yeux hostiles de la foule.

La rancœur âcre de la défaite honteuse lui montait à la gorge. Que devenir ?

Un seul parti lui restait, brusquer la
conclusion :

— Au fait, reprit-elle, je suis bien bonne de discuter. Je vous ai demandé de
me rendre ma fille ; je ne pense pas que
vous entendiez la garder malgré moi.

— Si, cependant, c'était son intérêt et
si, au nom de cet intérêt, je vous sup-
pliais de me la laisser ?

— Le suprême intérêt d'une fille est de
vivre avec sa mère.

— Pas toujours. Pas dans votre cas.

— Alors, vous refusez de me la rendre.

— Je vous supplie, à genoux, de la
laisser ici.

— Ce n'est pas possible. Je ne puis
plus me passer de la voir.

— Venez habiter avec elle.

— Hein ?

— Je vous offre auprès de votre fille,
de mon parrain et de moi, une place
dans ma maison où les plus grands
égards vous seront réservés. Une rente
vous sera servie, dont vous fixerez le
montant, qui garantira, en outre, votre
indépendance.

— En d'autres termes, vous m'achetez.

— Je ne pense qu'au bonheur de
Suzanne.

— Ma place ne saurait être chez vous...
sauf...

— Sauf ?

— Sauf si j'étais votre femme.

— Je vous l'avais offert, vous l'aviez
accepté, puis vous vous êtes retirée de
moi. Comment voulez-vous que ce soit
maintenant possible ? Mieux vaut que
ce passé demeure effacé pour toujours. Si ma fiancée est morte, je n'ai
plus rien à lui reprocher. Puis...

— Puis ?

— Non, je préfère ne rien dire.

— Oh ! je vous comprends. Vous pen-
sez à la vie qui a pu être mienne depuis la mort de Charles ?

Paul, de la tête, fit un signe affirmatif.

— Vous vous dites que je n'ai pas dû
vivre seule, que j'ai eu des amants ?

— Mathilde, vous me faites de la peine.

— Eh bien oui, j'en ai eu. J'étais trop
malheureuse, trop seule, j'ai cherché des
consolations. Pauvre dupe que j'étais.
N'étais-je pas libre ?

— Si, vous étiez libre.

— Je pouvais disposer de moi ?

— Oui, hélas !

— Comment, hélas ? n'en avais-je pas
le droit ? Devais-je des comptes à quelqu'un ?

— Peut-être à votre fille.

— Une fille n'a pas à juger sa mère.

— Elle le fait pourtant si cela lui convient. Dans la famille on est tous solidai-
res les uns des autres. Ensuite, il y a
le monde. On aura beau faire, chacun
s'arroge le droit de juger autrui. Il y a
les conventions ?

— Parlons-en. Tout est permis aux
hommes ; tout est défendu aux femmes.

— Non, tout n'est pas défendu aux
femmes ; mais ces conventions dont je
parlais les ont mises dans une place
qu'elles ne peuvent quitter qu'à leurs
risques et périls.

— Une femme serait donc diminuée
parce qu'elle a appartenu à plusieurs
hommes ? Dans ce cas la veuve qui se
remarie plusieurs fois devrait subir la
même déchéance.

— La question, répond la société, n'est
plus la même. Il en est des femmes comme de la monnaie, à qui des règlements
attribuent une valeur conventionnelle.
La jeune fille intacte, c'est un capital ;
la veuve a gagné ou perdu au change ;
la femme libre qui prend des amants est
une pièce usagée ; elle est dépréciée, dé-
monétisée. Que voulez-vous, ma pauvre
amie, je n'y puis rien.

— Enfin, vous ne me jugez plus digne
d'être votre femme, mais vous m'accep-
teriez pour commensale. Dans ce cas, je
me montrerai aussi intransigeante. Suzanne est à moi, rien qu'à moi, vous
allez me la rendre.

— Pourquoi ne serait-elle pas aussi à
moi ?

— Parce que ces mêmes conventions
que vous venez d'invoquer l'ont ainsi
voulu. La loi et la nature vous refusent
tous droits sur elle.

— N'en aurais-je donc pas acquis par
prescription ?

— Mon pauvre Paul, vous allez dire
des sottises.

— Comment. Voici dix ans que j'élève
et que j'entretiens une fillette qui vous
encombrait, dont vous vous êtes débar-
rassée sur moi ; une fillette que j'ai élevée, dont j'ai cultivé l'âme et l'esprit ; à
qui je me suis tout donné ; que j'adore
et qui m'aime, et tout cela ne me confé-
rerait aucun droit ; pas même celui de

lui épargner la misère ? Ce serait inique.

— C'est simplement juste, parce que vous avez pu, dès le début prévoir ce résultat et que vous en avez tacitement accepté les conséquences. Arrive que plante. Je suis la mère !

— Peuh ! Vous êtes, Mathilde, comme cette terre de Carrare dans le sein de qui la nature a mis du marbre ; mais moi j'ai été le sculpteur qui de ce marbre ai fait une admirable statue. Eh bien, dites-moi, de nous deux, qui a le mieux mérité ?

— J'admire la richesse de vos comparaisons; mais, je ne puis m'en contenter. Je veux ma fille. Si vous me la refusiez, les juges vous obligeraient à me la remettre.

— Oui, si c'est l'intérêt de l'enfant ; dans le cas contraire, c'est douteux.

— Alors, c'est la guerre ?

— Si vous voulez.

— Il ne vous déplairait peut-être pas, n'ayant pu avoir la mère pour femme, d'épouser la fille !

— Suzanne n'est qu'une enfant.

— Dans six ou huit ans, vous serez encore jeune et elle serait une gentille mariée.

— Je vous excuse, Mathilde ; l'adversité vous dicte des méchancetés. Ne nous séparons pas sur de mauvaises paroles. Si c'est possible, comme je le souhaite tant, restons des amis.

— Oh ! Paul, je souffre, il ne faut pas m'en vouloir.

Et la malheureuse femme chancelait. Pour l'empêcher de tomber, Paul lui tendit ses bras ; elle s'y abîma la tête sur l'épaule de l'ancien fiancé ; les visages étaient proches l'un de l'autre.

A ce moment quelqu'un frappa à la porte.

Mathilde, dans un un violent mouvement de dépit, puis de résignation, s'écarta de Paul.

Ce dernier alla ouvrir.

— Que me veut-on ? dit-il.

— M. Pierre Célial et Mlle Suzanne vous demandent.

— C'est bien, dites que je descends dans cinq minutes.

Puis s'adressant à Mathilde :

— Que décidez-vous ? demanda-t-il.

— Gardez Suzanne et qu'elle continue à être heureuse, mais faites qu'elle ne méprise pas sa mère.

— Merci.

— Ne pourrai-je l'embrasser avant mon départ. C'est par surprise et sans la reconnaître que ce matin je lui ai mis sur le front un baiser quelconque.

— Encore une fois, le hasard a bien fait les choses. Mais, non, remettez à plus tard un second baiser. Agir autrement serait compromettre l'avenir et vous obliger un jour à des explications fâcheuses. A quelle heure prenez-vous le train.

— A cinq heures.

— J'y serai avec Suzanne. Elle ne vous verra pas, mais vous, bien voilée, vous pourrez la regarder tout à loisir.

Ce n'est pas tout, Mathilde, en attendant de meilleurs jours, soyez assez bonne pour accepter de moi...

Il lui tendait un portefeuille bien épais.

— Non, Paul, je ne veux rien recevoir de vous.

— Prenez au nom de Suzanne.

— Pas davantage.

Du bas de l'escalier une voix appela :

— Mon oncle, viens bien vite.

— C'est Suzanne, expliqua Paul Célial.

— Il serait inadmissible, reprit-il, j'en serais trop malheureux, que sa mère subisse des privations. Voici le portefeuille, prenez dedans ce qu'il vous faudra. Je reviens.

Il ouvrit à nouveau la porte.

— Me voici, mon petit.

Revenant dans la chambre, Mathilde lui tendit le portefeuille où elle avait pris un billet. Leurs mains se rencontrèrent et ce contact les électrisa, mais, il était trop tard, la séparation s'imposait.

— Adieu, Paul, fit Mathilde.

— Au revoir, Mathilde, répondit Paul. Ah ! il fut bien reçu au bas de l'escalier.

— Tu as été bien longtemps absent, mon oncle, reprocha Suzanne, méchant zonzonc ; j'étais inquiète.

— Mon petit loup, je n'ai pu faire autrement.

— Tu m'avais promis.

— C'est vrai et, dit-il en plaisantant, je puis me rendre cette justice que j'ai toujours été pour ma nièce un oncle très obéissant ; je ne recommencerai plus.

— Il y a du nouveau à la mairie, fit le père Pierre qui survint.

— Quoi donc ?

— Des plis urgents et qui ne peuvent être ouverts que par toi. Décidément tu pourrais bien avoir raison.

— Ne nous faisons pas d'illusion, parrain, c'est la guerre.

— Pourtant nous ne la voulions pas.

— Cela est certain, mais nous asurons la faire. Je cours à la mairie ; revenez m'y prendre à 4 h. 1/2 ; je tiens à assister au départ du train de Paris ; nous irons ensemble à la gare.

CHAPITRE XII

Le miracle de la Marne

Quelques jours plus tard l'agression allemande était si évidente que le gouvernement français décrétait la mobilisation.

Sous-lieutenant de réserve, Paul rejoignait son régiment.

Suzanne avait tenu à le conduire à la gare ; elle resta sur ses genoux jusqu'au départ du train.

Et cependant nul pressentiment triste ne l'agitait.

— Je te la confie, parrain, ne la perds jamais de vue.

— Tu peux y compter.

— Moi aussi, fit Suzanne, je veillerai sur l'oncle Pierre.

Paul fut de ceux qui dans la deuxième quinzaine d'août s'alignaient autour de Nancy et servaient de charnière aux armées françaises qui opéraient cet admirable mouvement de conversion entre l'Est et Paris. Il vit à sa droite cette bataille qui empêcha l'ennemi de nous tourner de ce côté.

A la minute décisive, son régiment fut transporté jusqu'à la capitale et destiné à confectionner la pince savante qui devait écraser l'extrême droite allemande.

Von Kluck, qui, lui-même tentait un enserrement analogue, n'avait pas prévu cette manœuvre habile à la fois et audacieuse.

Il ne s'en aperçut qu'au cri de détresse que poussèrent ses officiers surpris.

Comme il importait de desserrer les tenailles en toute hâte, il lui fallut chercher et trouver quelque part le nombre d'hommes nécessaire.

Pas de réserves nulle part. Les disponibilités, on les avait envoyées au secours de la Prusse orientale geignante à l'approche des Russes.

Pas plus que ses camarades, de Moltke n'avait prévu la riposte de l'état-major français.

Guillaume II ne sut pas suivre coûte que coûte le plan de son état-major.

Or toute minute perdue par l'armée allemande augmentait le serrement de pince qu'opérait Maunoury. Sous sa pression craquaient les os des lourds poméraniens.

Ne pouvant tergiverser davantage, von Kluck dut fatalement prélever, à sa gauche, sur la ligne de bataille, les troupes qu'il fallait opposer à l'armée de Paris.

Pour être inéluctable, le geste n'était pas heureux.

Au point du prélèvement, la ligne allemande tendue de Metz à Paris se trouva amincie comme un fil et incapable de supporter le poids des troupes françaises.

Et celles-ci se faisaient lourdes.

Elles venaient d'entendre la forte parole des chefs :

Halte. Demi-tour. Face à l'ennemi et en avant ou la mort.

Alors de l'ouest à l'est, telle une suite de vagues, l'armée de Joffre se plissait et fonçait sur l'agresseur.

Le kaiser et le kronprinz, dans leur orgueil insensé, s'imaginaient leurs armées comme une barre de fer dont la rigidité ne pouvait faire doute, démontrée qu'elle était par des succès incessants.

Depuis quarante ans que l'empire préparait cette agression qui allait mettre le monde à ses pieds, qui lui donnerait plus de royaumes que n'en possédèrent jamais les Alexandre, les César, les Charlemagne et les Napoléon, il ne pouvait avoir forgé qu'un instrument irrésistible.

Pénétrés de cette opinion et que le jour était venu de marcher à la conquête du monde, ils s'engageaient une partie dont l'enjeu formidable était la couronne universelle.

Maître de la France et de la Russie, l'empereur d'Allemagne pouvait regarder le vieux dieu germain face à face et lui causer comme un prophète.

Qui oserait lui résister ?

Il donnerait des instructions, des ordres et les peuples suivraient sa loi.

Tous ces espoirs allaient trébucher sur les mêmes pierres où Attila, qui vivait un même rêve, avait perdu la partie.

La barre de fer que martelait l'armée française allait plier. Elle contenait des pailles.

Prêt à être tourné, von Kluck reculait; entre lui et Bulow une fissure se créait où déjà Franchet d'Espérey s'engageait.

Pour éviter une catastrophe, à son tour Bulow montra les talons.

De l'un à l'autre tous ces connétables en firent autant.

La bête retournait vers son autre.

Adieu royaumes, couronnes, universelle domination ; l'empereur d'Allemagne sentit qu'il redevenait roi de Prusse.

Le monde entier allait assister au miracle de la Marne, renouvelé de l'antique sur les champs catalauniques.

Le lieutenant Célial, enivré par les splendides promesses du succès qui se dessinait, s'élançait à la tête de sa section et boutait l'Allemand vers le Rhin.

Pendant des jours, il renouvelait la charge sans la moindre égratignure.

On l'eût dit invulnérable.

Dans la soirée du 10 septembre, alors que la victoire française s'affirmait, coup sur coup, Célia recevait une balle dans le bras et une autre à la cuisse ; une troisième lui traversait la gorge et il tombait sur une terre rouge de sang, dans la fumée âcre de la poudre, parmi les cris et les fanfares.

En s'écroulant sur le sol sacré de la patrie, Paul avait eu une dernière pensée pour sa nièce, pour sa ville, pour son usine si prospère, pour parrain à qui il devait tant. Il n'eut même point le temps de songer à Mathilde. Déjà, il avait perdu connaissance.

On ne s'inquiétait guère, alors, du soldat, même de l'officier qui râlait. L'élan des troupes victorieuses ne souffrait aucun répit. On faisait un détour pour ne pas écraser le brave qui venait de donner sa vie pour la France et on passait.

La victoire avait des ailes. Rien ne l'arrêtait.

Toute la nuit, toute la journée du lendemain, passèrent, sur le champ de bataille, des troupes dont les yeux fatigués resplendissaient de gloire et d'espoir.

Le surlendemain seulement les ambulances arrivèrent et on releva les blessés et les morts.

Quelques infirmières, volontaires de la Croix-Rouge, s'adonnaient, d'un cœur viril, à cette besogne ingrate.

L'une d'elles découvrit Célial à demi enfoui dans un trou d'obus.

— Un mort ? fit quelqu'un près d'elle.

— Je ne sais.

Elle lui prit la main.

Elle est froide, reprit-elle, mais le membre est encore souple. Dégageons-le.

Quand ce fut fait, d'une éponge, trempée dans un liquide antiseptique, elle lui nettoya le visage et, tout aussitôt, poussant un cri de douleur.

— Paul !

Un major l'interpella :

— Qu'y a-t-il donc, madame Héloin, vous le connaissez ce lieutenant.

— Un ami d'enfance, répondit Mathilde Héloin. Venez l'examiner, je vous en prie.

Le médecin s'y prêta de bonne grâce et rapidement.

Avec précaution il lava les plaies, surtout celle de la gorge qui avait été traversée de part en part.

— Il n'y a rien de grave, prononça-t-il ; mais, si on veut éviter la contagion il faut enlever le blessé au plus tôt. A quelle ambulance appartenez-vous ?

— Aux Quatre Quartiers, près de la Madeleine.

— Disposez-vous d'une voiture ?

— Oui.

— Eh bien ! si ce soir votre ami d'enfance pouvait être pansé de façon définitive, il aurait quelques chances d'en réchapper. Mais, je ne garantis rien. Pressez-vous.

Mathilde Héloin fut assez heureuse pour que dans l'auto des Quatre-Quartiers il y eût encore une place disponible.

Paul Célial, toujours sans connaissance, y fut installé et la voiture, à toute vitesse, regagna Paris.

Couché dans un lit confortable, le lieutenant reçut les meilleurs soins, mais la mort n'entendait point lâcher sa proie.

Un matin, le diagnostic du médecin-chef fut :

— Il n'y a plus rien à faire, le tétanos s'est déclaré.

Et il passait à un autre malade.

— Pourtant, insista Mathilde, en le soignant...

— Tout serait inutile et ne servirait qu'à prolonger une agonie qui sera atroce.

Mathilde voulait espérer contre toute espérance. Elle entreprit une doctoresse qui était également attachée à l'ambulance et la pria de l'assister.

La doctoresse P... était optimiste. Son collègue, le docteur R... également.

Ils joignirent leurs efforts à ceux de Mathilde.

Quand cette dernière y mettait trop d'ardeur, ils la retenaient.

— Faites attention, regardez-y à deux fois quand vous changez son pansement ; la moindre écorchure que vous vous feriez, vous donnerait son mal et fatiguée

comme vous l'êtes, il n'est pas sûr que vous en réchaperiez.

De cela, Mathilde n'avait cure.

L'état de Célial restait toujours précaire.

— Une opération sera nécessaire, opina le médecin-chef ; mais si dangereuse, autant que la blessure.

On s'y résignait.

On allait la tenter quand, tout à coup, un médecin inspecteur qui passait, examinant le blessé, se prit à dire :

— Mais, il va mieux, celui-là ; plus de tétanos du tout. On pourrait le transporter à son domicile.

C'était invraisemblable, et, cependant, vrai.

Mathilde poussa un cri de joie et, ne se soutenant plus, faillit tomber, elle se cramponna à un brancardier qui passait, transportant des instruments de chirurgie à nettoyer.

Dans son geste incohérent Mathilde posa la main sur une lancette et se piqua, mais personne ne sut discerner que le cri qu'elle poussa devait être attribué à la blessure qu'elle venait de se faire.

D'autant que pour éviter un désordre elle avait enfoui sa main dans la poche de son tablier et pressa son mouchoir pour contenir le sang qu'elle sentait couler.

Courageusement, elle assista à la fin de la consultation que le médecin-inspecteur consacrait à Paul Célial et resta près de ce dernier quand tout le monde s'éloigna.

Elle lui causa quelques minutes et alors seulement s'écartant sous prétexte d'aller chercher une tisane elle lava sa blessure et la pansa.

Ensuite elle revint à son blessé et causa comme si de rien n'était.

Dès que le lieutenant, ramené à Paris, eut repris sa pleine connaissance, sa surprise fut extrême, d'abord de se retrouver en vie, ensuite de revoir Mathilde.

Les explications furent simples.

Dès la mobilisation, Mathilde s'était engagée comme infirmière et, à ce titre, était entrée à l'ambulance des Quatre-Quartiers.

L'excellente infirmière-major, sous les ordres de qui elle se trouvait, étant parvenue, à force de démarches à organiser un transport de blessés, elle s'était jointe à elle pour aller en recueillir sur le champ de bataille.

C'est dans ces conditions, qui n'avaient rien d'extraordinaire, qu'elle avait relevé Paul et avait pu le soigner, voire le sauver.

Madame Jeanne, qui avait commission de la Croix-Rouge pour diriger l'ambulance des Quatre-Quartiers, ne fut pas longue à remarquer la blessure de Mathilde encore que dissimulée avec soin.

Elle interrogea sa camarade et, devant ses explications embarrassées, devina une partie de la vérité.

La doctoresse P..., priée d'examiner

la main malade, ne s'y méprit pas une minute.

— C'est une blessure anatomique, s'écria-t-elle ; il n'est que temps d'intervenir. Vous devez garder le lit.

En effet le bras enflait déjà.

Immédiatement toute l'ambulance fut au courant de l'incident.

Et, tout naturellement le lieutenant Célial l'apprit.

Jusqu'alors, par discrétion, il n'avait pas osé demander à Mathilde où elle habitait. La force des choses l'amena à la questionner à cet égard.

Elle logeait dans un modeste hôtel de la rue Saint-Honoré.

Ce n'était pas ce qui convenait.

Madame Jeanne proposa de demander une chambre particulière à la Croix-Rouge. Ce n'était encore qu'un expédient.

— Votre place, Mathilde, fit le lieutenant est chez moi. Je dispose d'un appartement sur l'avenue de la Grande-Armée ; on va vous y conduire.

Il est vrai qu'on allait l'y transporter lui-même.

La cohabitation n'était-elle pas choquante ?

Paul prévint l'objection :

— Vous ne doutez certainement pas que vous y serez en parfaite sécurité ?

Elle acquiesça d'un signe.

— Non, reprit Célial, après une seconde d'hésitation, il y a mieux à faire.

Mathilde le regarda :

— Je vais y faire venir, car il y a de la place pour tous, mon oncle Pierre et...

Mathilde était anxieuse.

— ...et Suzanne qui va être joliment contente de revoir sa maman.

Des larmes, larmes de bonheur, emplirent les yeux de la jeune femme.

— Oh ! mon ami, que vous êtes bon.

— Je vous dois la vie, Mathilde.

Leurs mains s'étreignirent. Mais ce n'était ni l'heure ni le lieu des attendrissements.

— Je vous en prie, continua Paul, faites-moi donner du papier. Je vais écrire à mon oncle pour qu'il accoure, avec Suzanne, par le premier train. Vous, Mathilde, vous voudrez bien vous occuper de l'appartement et obtenir du médecin-chef que j'y sois transporté dès demain.

— Pensez-vous que l'oncle Pierre pourra y venir si rapidement.

— Oui, j'en suis bien sûr.

Sans plus de retard, il écrivit à parrain. Il lui raconta comment il avait retrouvé Mathilde ou, plutôt, comment Mathilde l'avait retrouvé sur le champ de bataille. Il dit sa blessure dont il avait caché la connaissance à Crissol. Il raconta sa réconciliation avec Mathilde et comment, la prenant chez lui, il y appelait sa nièce : « Dis à notre chère Suzane, écrivait-il, pour qu'elle l'en aime davantage, que je dois la vie à sa mère. Si, par malheur, sa blessure était incurable, c'est moi qui serais la cause de sa mort. »

Une dépêche était expédiée en même temps annonçant la lettre et le voyage du lendemain.

Il est inutile de dire que parrain se hâta de prendre le premier train.

Afin de ne rien laisser au hasard, il lança lui aussi, un télégramme pour indiquer l'heure de son arrivée à Paris.

En conséquence, quand, dans l'appartement de Paul, le timbre sonna, le cœur de Mathilde battit la chamade.

Déjà une voix d'enfant retentissait dans l'entrée :

— Où êtes-vous, tous deux, criait Suzanne.

Pour toute réponse Mathilde s'était précipitée au devant de sa fille.

Sans se connaître, elles se reconnurent et s'enlacèrent sans que la mère se ressentît seulement du mal qui lui ravageait le bras.

— Et l'oncle ? demanda Suzon.

Il vint.

Ce fut une nouvelle embrassade non moins folle que la première.

Le père Pierre, bon autant qu'il est possible de l'être, avait pris la main que Mathilde lui tendait, attirait à lui la pauvre femme, et lui donnait un baiser paternel qui signifiait une réconciliation pleine et sincère.

Ce jour là fut tout à la joie.

Dès le lendemain, par contre, il fallut bien céder le pas à la maladie qui cloua Mathilde sur un lit de douleur.

Suzanne, Paul et son oncle ne la quittaient pas.

Le docteur R... et la doctoresse P..., à tour de rôle, venaient chaque jour. D'autres médecins, les plus réputés, furent appelés en consultation. Tout ce dont la science médicale était capable fut mis en jeu.

On espéra.

Le miracle de la Marne qui avait sauvé la France et, sans doute aucun, le monde, qui avait rapproché la mère et la fille, qui avait réconcilié les deux anciens fiancés, n'allait-il donc pas se continuer ?

Non.

En dépit de tous les soins qui lui furent prodigués, malgré son ardent désir de vivre et d'être heureuse, non seulement de son propre bonheur mais encore et surtout du bonheur d'autrui, Mathilde sentit que la fin approchait.

Le peu d'expérience que sa vie d'ambulancière lui avait enseignée, lui révéla quelle serait son heure dernière.

Pour cet instant solennel, elle se voulut belle.

Avec la paix du cœur, la splendeur de ses vingt ans transfigura ses traits.

Les deux êtres qu'elle aimait le plus au monde l'entouraient et, dans leurs yeux, elle lisait l'affection dont ils la couvaient et avec quel chagrin ils la perdraient.

Calme, elle leur souriait.

Désespérés, ils lui cachaient leurs larmes.

Tout ce que la mort peut mettre de cruauté dans la séparation qu'elle inflige flottait dans la chambre.

— Paul, dit Mathilde, je vais vous quitter.

Elle parlait avec peine.

— Oh ! mon ami cher, vous perdre quand je vous retrouve, que cela m'est dur. J'expie. Pardonnez-moi. Vous ne m'oublierez pas, j'en suis sûre ; n'ayez pour votre malheureuse amie que des pensées d'amour. Je vous laisse Suzanne; je vous la donne. Quand je serai morte, donnez-moi un dernier baiser. Je l'attendrai, mon âme, sans lui, ne s'en irait pas heureuse.

— Et toi, ma petite Suzanne chérie, je sais bien que tu ne me garderas pas rancune d'avoir vécu loin de toi. Tu vois si j'en suis punie. Toi aussi tu m'embrasseras quand je serai morte. Tu mérites ce bonheur, dont je n'étais pas digne de vivre avec ton oncle Paul. Tu es à lui désormais. Je l'ai fait pleurer autrefois, tu seras le sourire de sa vie. Sois pour lui ce que j'aurais dû être.

— Adieu, père Pierre.

Mathilde Auchamp était morte.

Paul, Suzanne et aussi le père Pierre purent enfin pleurer à leur aise.

Sur le corps de Mathilde qui restait pur et beau, ils répandirent, comme des fleurs, leurs baisers ardents. L'âme, certainement attentive de la pauvre femme, dut les recueillir pieusement et disparaître avec la consolante certitude du pardon définitif dans l'amour le plus sincère, celui qui survit à la tombe.

FIN

Paraître prochainement :

FAIBLES CŒURS

par

Henry FÉVRIER

9 782019 931599